우주 달 별 사랑

우주 달 별 사랑

ⓒ 홍지운 2022

초판 1쇄   2022년   12월 12일

지은이   홍지운

출판책임   박성규   펴낸이   이정원
편집주간   선우미정   펴낸곳   도서출판 들녘
편집진행   이동하·이수연   등록일자   1987년 12월 12일
디자인진행   고유단   등록번호   10-156
표지그림   SF소년단   주소   경기도 파주시 회동길 198
편집   김혜민   전화   031-955-7374 (대표)
마케팅   전병우   031-955-7384 (편집)
멀티미디어   이지윤   팩스   031-955-7393
경영지원   김은주·나수정   이메일   dulnyouk@dulnyouk.co.kr
제작관리   구법모
물류관리   엄철용

ISBN   979-11-5925-746-9 (04810)
              979-11-5925-708-7 (세트)

고블은 도서출판 들녘의 장르문학 브랜드입니다.
값은 뒤표지에 있습니다. 잘못된 책은 구입하신 곳에서 바꿔드립니다.

우주 달 별 사랑

홍지운

gobl

목차

∞

 달의 등대에서 바라보는 바다는 언제나 고요하다. 핀처럼 열세 살이 되는 동안 부러트린 정강이뼈가 자신의 것까지 포함해 일곱 개나 되는 혈기왕성한 소년에게 고요함은 형벌과도 같다.

 등대지기는 기다리지 않으면서 기다리는 법을 배워야 한다. 등대지기에게 가장 중요한 업무는 달의 조난자를 구조하는 일이다. 사고가 일어나기를 바라는 것은 아니지만, 조난자가 발생하면 마치 이날만을 기다린 사람처럼 기민하게 움직여야 한다. 그리고 핀은 등대지기의 손자였다.

 "앙리. 할아버지는 어디에 계셔?"

[토티스 님은 탄광 순찰 중. 요오 측량사님과 만나 대화를 나누고 계십니다.]

돌아오시려면 한참은 기다려야겠군. 핀은 고맙다는 뜻으로 생활보조드론 앙리의 머리를 끌어안고는 다시 창 너머를 바라보았다. 앙리의 월장석 엔진이 다시 돌아가기 시작했다. 청소 모드로 돌아가서 10평 남짓한 공간을 치우려고 했지만 핀은 앙리를 껴안고서 놓아주지 않았다.

탄광까지 할아버지를 찾으러 갈 용기는 나지 않았다. 그곳에 가면 질식할 것만 같았다. 지구의 바다는 반짝반짝한 물로 가득하고 파도가 부서지면서 반사하는 빛이 환하던데, 달의 바다는 오로지 흙뿐인 데다 가끔 상선이 지나갈 뿐이란 말이지. 나는 언제야 지구의 바다에서 헤엄쳐보려나?

핀은 문득 떠오른 이 불평을 혹시나 앙리에게 꺼내는 일은 없도록 하자고 다짐했다. 핀은 앙리를 좋아한다. 비록 가난하기로는 달에서도 비할 바가 없는 47구역 사람들조차 앙리를 22세기 말에 제작된, 오십 년은 지난 골동품 취급했지만, 핀은 앙리의 낡은 목소리조차 사랑했다. 앙리는 폐광에서의 사고로 부모님을 잃은 핀의 곁을 할아버지만큼이나 성실하게 지켜주었다. 그런 앙리가 자신의 지루함을 걱정하느라 얼마 되지도 않는 리소스를 낭비하게 하고 싶지는 않았다.

달은 낡고 녹슬었다. 핀은 가끔 과거 인류가 달을 향해 품었던 낭만과 동경이 부러웠다. 핀이 살고 있는 23세기의 달은 관광객조차 찾지 않는 공업단지다. 인류의 미래와 꿈을 상징했던 그 시절과는 완전히 다른 공간인 셈이다.

"지구 전파는 아직도 먹통이네."

혹시나 싶어 다시 스크린을 터치해봤지만 여전히 전파 불량에 대한 안내문만 갱신될 뿐이었다. 오늘처럼 통신이 불량할 때는 달의 등대조차 지구연방의 서버로부터 응답을 받지 못한다.

할아버지는 어지간해서는 등대를 벗어나지 않고 핀

에게 심부름을 시켰지만, 이번처럼 지구와 연락이 닿지 않아 탄광까지 내려가야 할 때는 핀을 걱정해서 직접 움직이고는 했다. 요 며칠은 이상하다 싶을 정도로 통신 상태가 좋지 않았기에 내려가지 않을 수 없었다. 핀은 창가로 시선을 돌렸다.

핀은 등대지기의 손자답게 기다림에 익숙했다. 덕분에 소년은 어릴 적부터 자신을 길러준 드론을 껴안은 채 창문 너머의 고요한 바다를 바라보며 할아버지의 귀환과 지구통신의 복원, 그리고 언젠가 찾아올 모험의 나날을 차분하게 기다릴 수 있었다.

∞

　우주전함의 내부는 소음으로 가득하다. 막대한 자본을 들여서 만들었을 대형 함선용 월장석 엔진과 크고 작은 모터들의 가동음이 끊임없이 밀폐된 공간을 때리고 있기 때문이다. 하지만 메아는 쿵쿵쿵 울려 퍼지는, 참으로 오랜만에도 듣는 자신의 발소리 탓에 그 소음을 느끼지도 못했다.

　메아는 할머니의 손을 꽉 쥐었다. 두 사람이 성산중공에 납치된 지도 어언 십 년이었다. 세 살부터 실험대에 올라야 했던 메아에게 할머니는 할머니였다. 할머니는 메아에게 월인이 알아야 할 모든 지식을 가르쳐주었지만 정작 자신의 이름만은 알려주지 않았다.

[실험체 T-771과 T-772가 탈주했다. 명심해라. 산 채로 붙잡아야 한다. 반복한다. 털끝조차 건드려선 안 된다. 산 채로 붙잡아라!]

"쉿. 조용히 해야지. 우리 메아는 술래잡기할 때 어떻게 해야 하는지 알지?"

함내의 좁은 복도에 시끄럽게 경보가 울리기 시작하자 할머니는 손녀의 입을 손으로 막고는 숨을 죽였다. 천장에 부착된 램프가 붉은빛으로 점멸하며 요란한 소음을 낸다. 뻥 뚫려 있던 통로에는 문이 솟아나 잠금장치까지 걸린다.

메아는 술래잡기가 끝났다고 생각했다. 이제는 더 이상 도망치거나 숨을 곳이 없었으니까. 하지만 할머니의 생각은 다른 듯했다. 할머니가 허공에 딱밤을 먹였다. 그러자 날카로운 파열음과 함께 복도를 가로막고 있는 문이 박살 났다. 할머니가 그림자의 힘을 써서 부순 것이었다.

메아는 깜짝 놀랐다. 할머니는 항상 메아가 그림자의

힘을 내지 못하도록 막았다. 할머니 외 다른 사람들에게
는 절대 보여줘서는 안 되는, 월인만의 특별한 보물이라
고 몇 번이고 강조했었다.

부서진 문 너머에는 큼지막한 물탱크가 있었다. 우주
선에는 식수부터 냉각수까지 물이 많이 필요하기에 마
련해놓은 것이다.

할머니는 메아의 손을 붙잡고 물탱크 위까지 올라갔
다. 그러고는 다시 한 번 그림자의 힘을 내어 물탱크의
문을 연 뒤, 두 팔로 메아를 안아 그 안에 넣었다. 메아는
차가운 물에 빠져 허우적거렸다.

"메아야. 여기에 숨자. 잘 참을 수 있지?"

"할머니!"

"나가면 엄마를 찾아. 착한 사람이 도와줄 거야. 하지
만 모르는 어른들이 가자는 대로 무턱대고 따라가면 안
된다. 조심해야 해. 우리 메아, 알았지?"

"싫어요 할머니! 같이 가요!"

"사랑한다. 메아야. 이것 하나만은 약속해. 사랑해야

해. 사랑하고 또 사랑해야 해."

할머니는 메아에게 미소와 함께 작별 인사를 건넨 뒤 물탱크의 문을 단단히 닫았다. 다음으로는 메아를 아끼는 만큼이나 크게 그림자를 만들어냈다. 물탱크에 갇힌 메아가 귀를 막아야 할 정도로 커다란 그림자였다.

붕 뜨는 감각이 느껴졌고, 메아는 할머니가 그림자의 힘으로 물탱크를 들어 올렸음을 알았다. 이렇게나 강력한 그림자는 태어나서 처음이었다. 쾅, 쾅, 쾅. 할머니는 우주전함의 천장을 향해 몇 번이고 물탱크를 던져 올렸다.

어느 순간 소음은 사라지고 약한 관성만이 느껴졌다. 메아는 할머니가 마침내 우주전함을 부수고 자신이 들어 있던 물탱크를 그 바깥으로 날려버렸다는 사실을 깨달았다.

메아는 할머니의 그림자를 더 이상 느끼지 못했다. 우주전함과 멀리 떨어지고 있는 것과는 별개의 문제였다. 할머니의 마음이 사그라들었다. 실험실에 갇힌 채 자란 메아였지만 무슨 일이 일어났는지 직감할 수 있었다. 다섯 번째 술래잡기가 실패로 끝났을 때 연구소장은 벌을 주겠다며 메아의 토끼 인형을 쓰레기통에 내던져버렸다. 그때처럼 메아는 할머니를 다시는 만나지 못하게 된 것이다.

∞

　핀은 어두운 바다 너머에서 보석처럼 반짝이는 무언가를 발견했다. 할아버지가 탄광으로 내려갈 때까지도 달의 등대에 보고된 항해 요청은 없었다. 어느 월면도시에서 잘못 배출한 우주쓰레기일까 싶었지만, 그 크기나 고도로 봐서 그럴 가능성은 적었다.

　"앙리, 혹시 오늘 추가 항해 요청이 들어온 적 있어?"

　[없습니다. 저궤도 우주쓰레기가 신고된 바도 없습니다.]

　"혹시 해적선?"

　핀이 요란한 목소리로 외쳤지만 앙리는 그저 천천히 동체를 왼쪽으로, 다시 오른쪽으로 흔들 뿐이었다. 부정을 뜻하는 생활보조드론의 몸짓언어다. 핀도 멍청한 소리였다고 반성했다. 달의 등대에 나 여기 있노라고 광고하는 해적이 있을 리 없다. 도시연합 전체에 선전포고라도 하고자 한다면 모를까.

앙리는 패널을 조작해서 미확인비행물체를 향해 무허가 항해에 대한 경고 음성을 송출했다. 하지만 미확인비행물체는 여전히 기존의 속도를 유지한 채로 등대를 향해 다가왔다. 앙리는 허공에 입체 스크린을 띄워 미확인비행물체의 데이터를 핀에게 보여주었다.

[해당 미확인비행물체는 송수신장치 미탑재로 확인. 월장석 엔진 또한 탐지되지 않음. 미신고 우주쓰레기일 가능성이 높습니다.]

"기다려봐."

핀은 주머니에서 쌍안경을 꺼내 반짝거리는 무언가를 발견했던 쪽을 살폈다. 달의 등대에 탑재된 망원경을 작동시키기에는 마음이 너무 급했다.

아, 빛나는 것이 아니라 빛을 반사하는 것이었군. 금속인가, 광물인가… 둘 다 아니야. 그렇다면 액체? 물?

물이라고? 아무리 저중력이라고 해도 달의 저궤도에 범고래만 한 물방울이 둥둥 떠다니면서 표류하고 있다고? 내가 지금 꿈을 꾸고 있나?

핀은 어이가 없었다. 앙리에게 팔을 갖다 대고 생체 시그널 이상 여부까지 확인했지만 검사 결과지에는 아무 문제 없다는 내용뿐이었다. 이러고 있을 때가 아니지. 핀은 정신을 차리고 스크린이 있는 곳으로 달려가서 망원경을 작동시켰다.

하지만 간신히 차린 정신은 다시 어디론가 날아가고 말았다. 스크린에는 핀이 봤던 것보다 더 황당한 모습이 송출되고 있었으니까. 핀은 눈을 크게 떴다가 다시 감기를 몇 번 반복하더니 서둘러서 나갈 채비를 했다.

"앙리, 우주복! 보트!"

[도시연합 월면항해규약 3조 9항에 따라 보호자의 동행 혹은 관찰이 진행되지 않는 미성년자의 우주선 탑승은 관할 등대에 신고 없이는 허가할 수 없습니다.]

"긴급 상황에는 적용되지 않는 조항이야!"

[긴급 상황 말씀이십니까?]

핀은 자신을 가로막는 앙리를 옆으로 밀치면서 외쳤다. 익숙한 단어들로 구성된 문장이었지만 자신의 입에서 나왔다는 사실이 믿기지 않았다.

"맞아. 조난자야! 달의 바다에 떠다니는 커다란 물방울 안에 어린아이가 갇혀 있어!"

핀은 최대한 서둘러서 우주복에 몸을 집어넣으면서 잠금장치가 잘 닫혔는지 반복해서 확인했다. 월면도시의 신형 레포츠용 우주복이라면 모를까, 달의 등대에 굴러다니는 탄광촌에서나 쓰일 법한 낡은 작업용 우주복은 입는 일만도 쉽지 않았다.

앙리는 핀의 우주복 착장에 문제가 없는지 확인한 뒤, 차고의 문을 열고 보트의 시동을 걸어주었다. 월장석 엔진이 푸른빛을 내뿜으며 보트를 월면 위로 떠워 올린다. 핀은 재빠르게 보트 위에 올라서 거대한 물방울이 떠다니던 방향으로 키를 움직였다.

달의 등대를 떠나자 소리가 사라진다. 달의 바다에서

는 그저 미약한 중력과 가속도만이 우주복 안에 갇힌 사람을 끌어안는다. 핀은 등대 안에 있을 때와는 완전히 달라진 신체감각을 경계하면서 조심스레 키를 움직이고 페달을 밟아 목적지로 향했다.

보트는 곧 물방울 앞에 도달했다. 가까이서 바라본 물방울과 그 안에 잠긴 소녀의 모습은 여전히 초현실적이었다. 푸르스름하게 빛나는 물방울은 소형 컨테이너 하나는 가득 채울 정도로 컸다. 물방울은 소녀가 달의 가혹한 환경으로부터 상처받지 않도록 지켜주고 있었다.

핀은 앙리에게 부탁해 보트가 물방울 주변을 선회하도록 한 뒤, 지붕을 열고 천천히 뛰어올라 달의 바다 위에 떠다니는 물방울 안으로 잠수했다. 그러고는 차가운 물의 저항을 거스르며 물방울 중심부에 떠 있는 소녀를 향해 헤엄쳐 갔다.

마침내 소녀의 얼굴을 가까이서 확인했을 때, 핀은 우주복을 단단히 껴입었음에도 숨이 멎는 듯했다. 마치 시간이 멈춘 것처럼 온몸이 딱딱하게 굳어 그대로 아래로 떨어질 뻔했다. 물방울 한가운데에 잠든 소녀는 얇은 환자복 차림이었다. 새하얀 피부와 그보다 더 하얀 머리카락 때문에 달의 바다에 떠 있는 물방울보다도 더 비현실적인 존재로 보였다.

'눈물….'

소녀는 눈물을 흘리고 있었다. 다시금 심장이 터질 것처럼 쿵쾅거리기 시작했다. 내가 지금 환각에 빠졌나? 어떻게 커다란 물방울이 달의 바다를 떠다니고 소녀가 그 안에서 잠들 수 있는 걸까? 끊임없이 의문이 이어졌지만 지금 필요한 것은 초현실적인 물리현상에 대한 설명이 아니었다.

핀은 등대지기의 손자로서 이 상황에 어떻게 대처해야 할지 고민했다. 머릿속에 수많은 가정과 방법 들이 떠올랐지만 그중에서도 제일 우선해야 하는 원칙이 떠올랐다. 울고 있는 아이를 홀로 버려두면 안 돼. 곁을 지켜줘야 해.

∞

"일어났어?"

메아는 핀의 다정한 목소리에 눈을 뜨고는 주변을 둘러보았다. 차갑고 딱딱하기만 했던 연구실과는 달리 따뜻하고 부드러운 물건들로 가득한 방이었다. 무엇보다 사방이 탁 트여 어딜 바라보더라도 달의 바다가 한눈에 들어왔다.

"마셔볼래? 특제 등대수프."

핀은 메아에게 붉은 살코기 수프가 들어 있는 머그잔을 건넸다. 등대수프는 15구역 식료품 공장에서 나온 단백질 찌꺼기에 실내에서 기른 토마토와 바질을 더하고 토티스의 특제 향신료를 넣어 만든다. 주거 공간과 동떨어져 있어 불을 사용할 수 있는 데다 달의 바다를 오가는 상선으로부터 이런저런 물자를 보급받으며 지내는 등대지기만이 만들 수 있다는 점에서, 특제품이라면 특제품이라고 할 수 있는 음식이다.

등대수프는 달의 하층민들이나 먹을 법한 싸구려 재료로 만들어졌지만, 성산중공에서 직원들을 체계적으로 관리하기 위해 만든 공장제 식재와는 달리 미각적 자극이 있었다. 사람이 직접 끓여 만든 음식은 난생처음이었다. 메아는 그 맛에 놀라 허겁지겁 수프를 들이켰다.

핀은 메아가 컵을 깨끗이 비우는 모습을 보며 몰래 안도의 한숨을 내뱉었다. 메아를 등대까지 데리고 오는 것은 참 고된 작업이었다. 달의 미미한 중력권에서 체구가 작은 어린아이를 끌고 움직이는 일이라 해도, 물방울에 잠긴 메아에게 구호용 침낭을 입힌 뒤 보트까지 태우기는 쉽지 않았다.

"너는 누구야?"

"나는 핀이라고 해. 정식 등대지기는 아니지만, 47구역 등대지기의 손자라서 등대를 지키고 있어. 네가 등대 근처에 떠다니는 걸 보고 걱정되어서 데리고 왔어."

"등대지기가 뭔데?"

"등대지기는 바다에서 곤란에 처한 이들을 도와주는 사람이야. 배들이 잘 항해하도록 이끌어주고, 조난자를 구해주고, 미아의 부모님을 찾아주고."

메아는 미아라는 단어를 듣고 무언가 떠올랐다는 듯 주변을 살폈다. 하지만 그곳에 있는 것은 등대지기의 생활용품들뿐이었다.

"…할머니는?"

"물방울 안에 있던 사람은 너뿐이었어. 할머니는 못 봤어."

메아의 눈가에 눈물이 맺히기 시작했다. 할머니는 이번 술래잡기가 마지막이라고 했다. 다음번 술래잡기는 없으니까 메아가 잡힐 것 같으면 할머니가 막아주겠다고, 혼자서 도망치라고도 했다. 메아는 다시는 할머니를 만나지 못한다는 사실을 받아들일 수 없었다. 붉은 두

빰이 쏟아지는 눈물로 흥건히 젖고 말았다.

　메아의 촉촉하게 젖은 붉은빛 눈동자에 핀은 다시 한 번 심장이 멎을 것 같은 감정을 느꼈다. 핀은 한참 심호흡한 뒤 자리에서 일어나 핫초콜릿을 평소보다 두 배는 진하게 탔다. 그 위에 카카오닙스를 듬뿍 얹었다. 바닐라 웨하스도 꺼내 컵 안에 두 조각 넣었다. 남은 조각은 접시에 담아 핫초콜릿과 함께 메아에게 건넸다. 일주일 치 간식을 한 번에 써버렸지만 조금도 후회되지 않았다. 할아버지도 핀이 부모님을 그리워할 때면 이렇게 위로해주고는 했다.

　메아는 코를 훌쩍이면서 핫초콜릿을 들이켰다. 두 사람은 아무 말도 하지 않고 그저 앉아만 있었다.

∞

　요안은 멋지게 기른 콧수염을 만지작거리면서 우주 전함 후미에 뚫린 커다란 구멍을 노려보았다. 격납고의 정비원들이 모두 모여서 수리하고 있었지만 다시 항해를 나가기까지는 긴 시간이 필요할 듯싶었다.

　숫자는 배신하지 않는다. 그것이 요안의 신념이었다. 그가 이제까지 회사에 공헌한 바를 수치화해 비교해보면 이 정도 피해는 그리 큰 편도 아니었다. 하지만 성산 중공의 월인 연구소 소장이자 T 프로젝트의 담당자로서 요안은 이 실책에 책임을 져야 한다고 생각했다. 그래서 수족처럼 여기는 부하 직원들을 대신해 석 달 치 감봉을 자처했다.

고작 노인과 어린아이였다. 아무리 그림자의 힘을 움직이는 월인이라 해도 제대로 뛰지도 못하는 사람들에게 성산중공의 엘리트 부대가 완전히 농락당했다는 것은 부끄럽기 짝이 없는 일이다.

　　요안은 정비원들에게 커피와 다과를 돌리면서 흥분을 가라앉히려고 애썼다. 자신의 눈부신 커리어에 물리적으로 존재할 수 없고 존재해서도 안 되는 오점이었다. 어떻게든 더 나은 숫자로 회사에 보은해야 했다.

　　"소장님. 부검 결과가 나왔습니다."

　　"고마워요. 수고 많았어요."

　　요안은 웃으면서 인사한 뒤, 비서에게 커피를 건넸다. 요안은 주변 사람에게 먹을 것 챙겨주기를 좋아했다. 비서는 공손하게 허리를 숙여 테이블 위에 보고서를 놓고 뒤로 물러났다. 전자문서를 입체 스크린으로 확인할 수도 있는데 요안은 구시대의 유물인 종이 보고서를 고집했다. 월인 연구소의 프로젝트는 모두 극비 사항이니 증거를 남겨서는 안 된다는 것이 그의 지론이었다.

요안은 부하들이 모두 곁에서 물러난 뒤 보고서를 확인했다. 손녀를 탈출시키고 절명한 실험체 T-771의 부검 결과 보고서였다. 서류에는 그의 마음에 쏙 드는 숫자가 적혀 있었다. 그 안에 든 내용은 놀라웠다. 그가 내내 기대하고 의심했던 바에 정확히 부합한다는 점에서 그러했다. 과연. 월인의 심장이 영자력(影子力)의 핵이었어. 조금이라도 일찍 인체실험을 허가받았다면 연구가 이렇게나 오래 걸리지도 않았을 텐데! 주어진 권한을 보다 영리하게 사용했더라면 얼마나 좋았을까!

지난 세기, 달 개발이 폭발적인 속도로 진행될 수 있었던 것은 무엇보다도 지구의 바다 깊숙한 곳에 숨어 살던 월인들이 인류에 합류하여 도시연합에 협조한 덕이 컸다. 물속에서도 숨을 쉬며 영자(影子)를 자유자재로 다루는 능력, 그들이 '그림자의 힘'이라고 부르는 능력을 쓸 수 있는 자들. 그들은 인류에 편입되어 달 개발에 동참하는 대가로 달에 묻힌 고대 문명의 유산들에 대한 정보를 요구했다. 성산중공이 단기간 내 달 개발이라는 초

대형 프로젝트를 맡을 수 있었던 것 역시 도시연합과 월인, 두 세력의 공조 덕분이었다.

하지만 요안은 그 사실이 만족스럽지 않았다. 아무리 큰 숫자여도 둘로 나누면 절반이 된다. 이제까지 성산중공이 자신에게 베푼 은혜를 생각해, 모든 수익을 성산중공에 온전히 바치고 싶었다. 그렇게 할 수 있는 훨씬 더 경제적인 해결책이 있었다.

요안은 뒤에 있는 비서에게 손짓했다. 비서는 상사에게 재빨리 다가가 귀를 기울였다. 요안은 큰 소리로 말하는 것을 좋아하지 않았기 때문이다.

"보고서는 다 읽으셨습니까, 소장님?"

"잘 봤어요. 월인과 영자력에 대한 비밀의 열쇠는 그 심장에 있었네요."

"축하드립니다. 모두 소장님이 애쓰신 덕분입니다. 그러면 저희는 이제 어떻게 할까요?"

비서는 보고서를 보고 안심했다. 월인의 능력에 대한 비밀은 확실하게 정리되었다. 그들이 손아귀에 쥔 월인이 단둘뿐이었기에 이제까지 심장은 미처 해부하지 못했다. 하지만 탈주 사고로 월인 하나가 죽은 덕분에 그들은 그토록이나 원했던 실험을 할 수 있었다. 어쨌든 이제 프로젝트는 마무리된 셈이었다.

그것은 곧 더 이상 무의미한 고문과 실험, 보고서 조작을 할 필요가 없다는 이야기이기도 했다. 비서는 착하고 친절한 요안을 존경하고 좋아했지만, 그가 진행하는 프로젝트에는 별 의욕이 없었다. 비록 상사가 상냥하고 배려심이 깊다 해도 인간형 실험체를 다루는 일은 피곤했고, 끝이 보이지 않았다. 그래도 사고로 인해 징계를 받게 되리라 생각했는데, 오히려 결과를 얻어냈으니 큰 보너스를 받은 셈이라 여겨졌다. 하지만 요안의 생각은 달랐다.

"어떡하냐뇨? 무슨 수를 써서라도 탈주한 T-772를 붙잡는다, 그것 외에 우리가 해야 할 일이 또 있을까요?"

"하지만 월인과 그들이 사용하는 영자력에 대해 이제까지 정리한 자료도 상부로서는 충분히 만족하실 만한….”

“‘하지만’이 아니에요.”

비서는 말을 마치지 못하고 고개를 숙여 바닥을 쳐다보았다. 요안은 상대방이 거절하지 않았음을 확인한 뒤천천히 비서의 어깨에 손을 얹었다. 그러고는 다정하고부드러운 목소리로 설득했다.

“우리는 성산중공에 소속된 사람들이에요. 성산중공은 인류를 위해 더더욱 발전해야만 하고요. 월인 연구는진행하면 할수록 달 개발과 도시연합의 발전에 큰 자산이 되어줄 것이 자명해요. 그렇지 않나요?”

“맞습니다, 소장님.”

“좋아요. T-772를 수색합시다. 힘든 프로젝트가 연장되어서 지치리라는 것은 저도 알아요. 하지만 이 모든건, 네! 우리 모두를 위한 일이에요. 그러니 부디 인류애를 갖고 성실히 임무에 임해주세요. 어떤가요? 할 수 있겠어요?”

비서는 부끄럽다는 듯 고개를 끄덕였다. 요안은 그의

반응이 만족스러웠는지 평소대로 따뜻하게 미소 지으면서 비서의 어깨를 도닥였다. 요안이 바라는 것은 월인의 심장, 그 이상의 숫자였다.

∞

"그러니까, 네가 바로 월인이라는 거지? 월인은 달의 고대 문명이 멸망할 때 살아남은 사람들의 후예를 말하는 거고? 발 조심해."

"응. 할머니가 그러셨어. 달의 깊숙한 곳에는 호수가 있고 우리는 그 호수에 살았었대. 그래서 물속에서도 숨 쉴 수 있고 그림자의 힘도 다룰 수 있는 거래. 발 조심?"

핀은 밑에서 사다리를 붙잡고는 위에 있는 메아가 잘 내려올 수 있도록 발을 받쳐주었다. 메아는 안심하고 핀을 따라서 사다리를 내려왔다. 이 통로는 환기 시설은 구비되어 있지만 중력조절장치는 가동하지 않는 저중력 구간이라 다칠 일이 없었지만, 핀은 메아를 지켜주고 싶었다.

핀은 메아의 사정을 들은 뒤, 성산중공의 추적을 피해 47구역에 있는 자신의 집으로 도망치자고 제안했다. 달의 등대는 오가는 사람이 너무 많아 숨어 있기에 적절하지 않기 때문이다. 47구역은 달의 지하도시이자 탄광촌이다. 두 사람은 그곳으로 가기 위해서 비밀 통로를 이용하기로 했다.

비밀 통로는 지하도시를 만들 당시 공사장 인부들이 사용했던 간이 통로였으나 이제는 밀항자와 밀수범의 길이 된 지 오래였다. 47구역의 정문으로 들어가면 출입자 명부에 행적이 남기 때문에 핀은 이 범법자들의 통로로 메아를 안내해야만 했다.

아직까지 쓰인다고 해도 이 길은 어디까지나 작업용 간이 통로였다. 덕분에 가는 내내 길은 흙바닥이었으며 그 사이사이로 철골과 파이프 들이 노출되어 있었다. 벽과 천장도 제대로 마감 처리가 되지 않은 상태였다. 어두침침한 길을 비추는 것은 무성의하게 늘어선 주황빛

알전구들뿐이었다.

"좋아. 월인에 대해서는 이제 알겠어. 그러면 그림자의 힘은 어떤 능력이야?"

"그림자는 없는 거래. 없지만 보이는 거고, 없어서 영향을 준대. 그러니까 지구인들은 쓸 수 없지만 월인들은 쓸 수 있대."

대단한 설명을 기대하지는 않았지만, 그럼에도 그림자의 힘에 대한 설명은 정말 이해하기가 어려웠다. 어리둥절해하는 핀을 보고 메아는 웃으며 그림자의 힘을 써서 사다리에서 손발을 떼어 보였다. 아주 잠깐이었지만 메아의 몸이 허공에 떠올랐다.

핀은 메아가 사다리의 끝까지 무사히 내려오도록 도와준 뒤, 다시 이런저런 질문을 던졌다.

"그런데 왜 할아버지한테는 메아에 대해 말하면 안 돼?"

"할머니가 월인에 대한 것은 비밀이라고 했어. 메아가 모르는 어른에게는 특히."

"나한테는 이야기했잖아."

"핀은… 아이니까 괜찮아."

핀은 머릿속으로 메아의 논리를 정리해보았다.

1. 모르는 어른에게는 월인에 대해 이야기하면 안 된다.

2. 핀은 메아가 모르는 아이다.

3. 핀은 모르는 아이니까 월인에 대해 이야기해도 된다?

미묘하게 어긋난 삼단논법이었지만, 그 어긋난 논리 덕분에 자신이 메아에게 도움이 될 수 있었으니 핀은 크게 신경 쓰지 않기로 했다.

조명이 어두웠지만, 핀은 자신이 곁눈질하고 있다는 사실을 메아가 알아차릴까 봐 심장이 떨렸다. 이런 식으로 상대방을 힐끔힐끔 쳐다보는 것은 무례한 행동임을 알고 있었지만, 이상하게도 핀은 자꾸만 메아의 얼굴을 바라보고 싶었다. 달의 주민들 사이에서는 좀처럼 찾아 볼 수 없는 흰빛 긴 생머리도, 붉은 눈동자도 자꾸 궁금

했다.

그 때문에 핀은 메아가 이내 던진 질문에 제대로 반응하지 못했다.

"핀은 착한 사람이야?"

"나? 응? 뭐가? 왜?"

"할머니가 착한 사람이 나를 도와줄 거라고 했어. 그리고 핀은 나를 도와주겠다고 했어. 그렇다면 핀은 착한 사람인 거지?"

핀은 쳐다보는 시선을 메아에게 들키지 않았다는 사실에 안도하면서도, 그 질문에 슬퍼졌다. 너무 어릴 적에 성산중공에 사로잡힌 나머지, 할머니를 제외하고는 착한 어른이나 또래 아이들을 만나본 경험이 없을 것이다. 그 사실이 메아의 말투와 표정을 통해 피부에 와닿을 정도로 실감 났기 때문이다.

핀은 어떻게 대답해야 거짓말을 하지 않으면서 메아를 곤란하게 만들지 않을까 고민하며 조심스레 말을 골랐다.

"글쎄. 모르겠네."

"왜 몰라?"

"메아가 할머니한테 배운 것처럼, 나도 할아버지한테 배운 것들이 있거든. 우리 할아버지는 스스로 좋은 사람이라고 말하는 사람들 중에 오히려 나쁜 사람이 더 많다고 했어. 스스로 좋은 사람이라고 말하지 않는다 해서 반드시 나쁜 사람인 것도 아니라고 했고."

핀의 이야기가 이해하기 어려웠는지 메아는 골똘히 생각하는 표정으로 그 말을 되뇌었다. 핀은 그런 메아가 귀여웠지만, 그 고민이 길어지지 않도록 설명을 더하기로 했다.

"나는 메아가 나를 봐줬으면 좋겠어. 나는 메아에게 좋은 사람이고 싶거든. 하지만 그걸 정할 수 있는 사람은 내가 아니라 메아인 것 같아. 그러니까 메아가 나를 잘 지켜봐줬으면 해. 나도 열심히 노력해볼 테니까, 메아가 잘 지켜보고 내가 좋은 사람인지 나쁜 사람인지 알려줘. 어때?"

메아는 오래도록 핀의 부탁을 곱씹었다. 한참 뒤, 메아는 나름대로 결론을 내린 듯 그 붉은 눈동자를 토끼처럼 뜨고서 말했다.

"이제야 알았어."

"뭘?"

"핀은 메아가 좋은 사람인지 알고 싶었던 거구나."

"응?"

"아까부터 핀은 메아의 얼굴을 계속 힐끔힐끔 바라봤잖아. 핀도 메아가 좋은 사람인지 아닌지 알아보려고 그런 거지? 늦게 알아차려서 미안해. 나는 핀이 이상한 사람인 줄 알았어."

핀은 메아의 결론에 충격받은 나머지 47구역에 도착할 때까지 고개를 푹 숙인 채 걸었다. 메아는 왜 아래만 보고 걷느냐고 물었다. 핀은 삼십 초나 생각한 끝에 '길이 험해서 발이 걸려 넘어질까 봐'라는, 그나마 설득력 있는 대답을 떠올릴 수 있었다.

∞

[핀, 왜 집에 간 게냐? 등대지기 업무를 앙리에게만 맡길 셈이냐!]

"…옥토네 고양이가 길을 잃은 것 같다고 해서요. 고양이 찾는 것을 도와주려고 동네로 왔어요."

[그런데 왜 앙리의 기록은 다 지우고 갔지?]

"어… 옥토가 이번에도 고양이를 잃어버린 걸 누나한 테 들키면 안 된다고 해서요. 고양이는 방금 찾아서 보호하고 있어요!"

핀은 잔뜩 긴장한 채로 스크린 속 할아버지의 얼굴을 바라보았다. 핀과 메아가 집에 도착하자마자 할아버지의 스크린에 방문자 알람이 뜬 것이다. 할아버지는 핀이 등대지기의 업무를 소홀히 했다고 생각하고 불같이 화를 냈다. 핀은 이렇게 될 것을 미리 예상하고 비밀 통로를 지나는 동안 둘러댈 거짓말을 준비해두었다.

할아버지는 핀의 변명에 납득했는지 화를 누그러뜨렸다. 폐광에서 자식과 사위를 잃은 뒤부터 할아버지는 핀을 포함해 모두를 항상 엄하게 대했다. 그러나 할아버지가 언제나 관대해지는 경우가 있었으니, 바로 핀이 등대지기의 의무를 다하고자 할 때였다. 그리고 인간이건 고양이건 달의 조난자를 살피는 일은 등대지기로서 마땅히 해야 하는 의무다. 특히 달에서 고양이는 탄광 지역의 자원을 갉아먹는 쥐 떼로부터 주민들의 삶을 지켜주는 소중한 이웃이다.

핀은 거짓말을 했지만 크게 양심에 찔리지는 않았다. 성산중공을 옥토로, 메아를 고양이로 바꾸었을 뿐이니까. 덕분에 핀은 할아버지의 의심을 막고 재빨리 화제를 다른 곳으로 돌릴 수 있었다.

"지구와의 통신 문제는 어떻게 되었어요? 집의 회선

은 아직 연결되지 않았어요."

[음. 47구역만의 문제는 아닌 것 같다. 월면도시조차도 지구와 연락이 끊긴 상태라고 한다. 도시연합에 속한 모든 지역이 불통이야. 여기서 해결할 수 있는 일이 아니니 곧 등대로 돌아가마.]

"알았어요. 저는 오랜만에 집에 온 김에 청소라도 하고 갈게요."

[고양이 잘 돌봐주고. 옥토가 또 고양이를 잃어버릴 것 같으면 그냥 등대로 데리고 와라. 너도 등대에서 앙리랑 둘이서만 지내기 적적했을 테니 고양이가 있어도 괜찮겠지.]

할아버지는 여전히 엄중한 표정이었지만, 고양이가 등대에서 지내는 모습을 상상한 덕분에 조금은 부드러워진 목소리로 통신을 마쳤다.

핀은 안도의 한숨을 쉬며 뒤를 돌아보았다. 그곳에는 길 잃은 고양이, 그러니까 미아가 된 월인 메아가 침대에서 졸고 있었다. 핀은 웃으면서 청소도구를 들었다.

청소는 금방 끝났다. 핀과 할아버지의 집은 47구역의

건축물답게 대부분 특수 세라믹질 자재로 지어진 데다 환기 시스템이 항시 돌아가고 있어 그렇게 지저분하지 않았다. 애초에 두 사람이 가끔씩 잠만 자는 곳이라 그리 넓지도 않았다.

핀과 할아버지는 대부분의 시간을 등대에서 보내느라 집에는 자주 들르지 않았다. 등대에 필요한 물건이 있을 때만 살림살이를 챙기러 한 달에 이틀 정도 찾았다. 할아버지가 등대를 비울 때는 해상연맹 사람이 대신 와서 업무를 맡지만, 할아버지는 그조차도 마뜩잖아하며 자리를 지키려고 했다.

핀은 잠든 메아의 얼굴을 조심스레 바라보다가 또 실례를 저지르는 것 같아 시선을 피했다. 그러고는 담요를 꺼내 몸에 두른 뒤 침대 머리맡에 등을 기대고 앉았다. 긴 하루였다. 메아의 부모님을 찾으려면 어떻게 해야 할지 고민하려고 했지만 쉽지 않았다. 메아의 새근새근 숨소리가 마치 자장가처럼 잠을 몰고 왔기 때문이다.

∞

하얗다. 시각만이 아니다. 후각과 청각 그리고 촉각
과 미각까지, 핀은 오감이 다 하얗다고 느꼈다. 달의
바다인지 건물 안인지 구분할 수 없게 중력조차도 하
얬다. 당혹감을 느끼며 하양 속을 헤맨 지 얼마나 지났
을까, 약간의 빨강이 느껴졌다.

핀은 빨강을 향해 집중했다. 다가가거나 귀 기울이
지 않고 그저 의식이 빨강을 향해 흘러가게 했다. 빨강
은 곧 사람의 모양새를 갖추며 자신이 있는 곳 주변에
윤곽을 더해주었다. 이유는 알 수 없었지만, 핀은 그
빨강이 메아라고 확신했다.

'핀, 미안해. 자고 있을 때 그만 그림자가 흘러넘쳤

나 봐.'

'메아니? 여긴 어디야?'

'그림자의 세계야. 월인들은 그림자에 방이 있어. 여기서는 서로 만나거나 기억을 나눌 수 있어. 나는 할머니의 기억을 찾고 있었는데 그만 핀의 마음과 이어진 것 같아. 자는데 방해해서 미안해.'

핀은 메아가 나오는 꿈을 꾸고 있다고 생각했지만, 메아가 부정했음을 느꼈다. 이것은 그저 단순한 꿈이 아니라고. 덕분에 핀은 메아와 대화하지 않더라도, 의지를 전달하지 않더라도 서로 연결되어 있음을 알았다.

핀은 어색한 경험이지만 이 또한 월인의 힘이라면 있는 그대로 받아들이기로 했다. 메아는 핀을 위해 그림자의 세계를 꾸미기로 했다.

주변은 곧 하얀 공간에 철제 가구를 가득 채운 방의 모양새를 갖추었다. 그 하얀 빛깔은 메아의 마음에서 우러나온 것이 아니었다. 메아와 할머니가 갇혀 있던 성산중공 연구실의 벽지 색이다. 질식할 것만 같은 풍경이었다.

핀은 메아가 이렇게나 열악한 환경에서 지냈다는 것이 안타까웠고 한편으로는 월인의 힘이 감탄스러웠다. 메아는 할머니와 둘이서만 공유하던 비밀을 핀에게 보여주게 된 것이 신이 나는 듯 다른 기억도 불러냈다. 어둡고 축축한 동굴 속 풍경이었다.

'여기는 어디야?'

'할머니가 전해준 기억이야. 달 깊숙한 곳에 있는 지저호수래. 할머니가 보여준 그림자에 따르면, 옛날 옛적 월인들은 이곳에서 지냈대. 지구의 생태계가 자라나도록 도우려고 저 먼 곳에서부터 왔지만, 바로 지구로 가지는 않고 달에서 지냈대.'

'대단해…'

핀이 감탄하자 메아는 흥이 올라서 더 많은 심상을 마음속에 담았다. 이윽고 지저호수의 수면에 떠 있거나 밑에서 헤엄치며 노니는 금속질의 구형으로 된 무언가가 나타났다.

'오래전 월인의 모습이야. 예전에는 그림자로만 움직여도 충분하니까 저런 모습이었대.'

'하지만 메아는 저런 동그라미가 아니라 정말 예쁜 아이잖아.'

핀은 엉겁결에 속마음을 흘리고 말았다. 부끄러워서 고개를 돌리고 싶었지만 마음속에서는 고개를 돌릴 방법이 없었다. 그저 계속해서 메아와 함께였을 뿐이다.

메아는 핀이 당황하고 있음을 느꼈지만 그 이유를 이해하지는 못했다. 타인과의 관계가 익숙하지 않은 메아에게 외모에 대한 칭찬은 영문 모를 평가일 뿐이었다.

다음 심상은 월인들이 전쟁하는 모습이었다. 메아의 마음속에서 고대의 아름다운 건축물이 세워졌다가 이윽고 무언가가 쏟아내는 포화에 무너졌다. 그 무언가는 마치 복잡하게 엉킨 커다란 가시덩굴처럼 생겼는데, 이 병기는 덩굴을 휘두르거나 빛을 쏘아대며 월인들의 문명을 파괴했다.

'하지만 월인들의 마음에 미움이 자라났대. 서로를 싫어하고 다퉜대. 미워하고 또 미워했던 나머지 큰 전쟁이 일어났고, 더 이상 달에서 살 수 없게 되었대. 전쟁 뒤에 살아남은 월인들은 지구의 바다 깊은 곳으로 왔다고 해.'

심상은 곧 월인들이 탄 배가 달에서 지구로 항해하는 모습으로 바뀌었다. 그 배는 바다 깊숙한 곳에 잠기더니 월인들이 지내는 도시로 모습과 기능을 바꾸었다.

'바다에서 조금씩 인간을 닮도록 모습을 바꾸고 인간 사이에 섞여서 지내기로 했대. 인간들과 다시 달에 올 그날까지 말이야. 그래서 할머니와 메아가 인간을 닮은 거래.'

마음에 비춰지는 월인들 또한 금속질의 구형에서 점차 인간의 모습으로 바뀌었다. 인간과 월인 사이에 물속에서도 숨을 쉴 수 있고 그림자의 힘을 낼 수 있느냐의 차이만 남도록. 그러면서도 하얀 머리카락과 붉은 눈동자로 자신들을 특정할 수 있게 했다.

핀이 감탄 속에서 심상의 변화를 지켜보던 와중, 핀과 메아에게 잿빛이 다가왔다. 그 잿빛은 두 사람과는 다르게 아주 차가운 감각이었다. 잿빛은 핀에게 다가가더니 그 안에 뒤섞이려고 했다.

핀은 그만 겁이 나 도망칠 뻔했지만, 메아가 별일 아니라고 마음으로 전달해주어 안심할 수 있었다.

'핀. 아침이 왔나 봐.'

'아침?'

'응. 일어나.'

핀은 곧 까맣다고 느꼈다. 시각만이 아니다. 후각과 청각 그리고 촉각에서 미각까지, 오감이 까맣다고 느꼈다. 그리고 그 모든 감각은 핀의 닫힌 눈꺼풀로 모였다.

[일어나십시오.]

"…앙리?"

[맞습니다. 아침이 되었으니 이제 일어나십시오.]

핀은 잠기운에 취했으면서도 자신이 현실로 돌아왔음을, 생활보조드론 앙리가 자신을 일으켰음을 깨달았다. 오랜만에 집으로 와서 침대에 기대 잠들었다는 것도 기억 났다. 갑자기 의심과 의문이 들었다. 천천히 뒤를 돌아보니 하얀 머리카락을 가진 소녀 메아는 여전히 새근새근 숨소리를 내며 잠들어 있었다.

꿈이 아니었구나. 정말 메아가 만든 그림자의 세계 속에 있었구나. 핀은 안도인지 무엇인지 모를 기분으로 기지개를 켰다. 일어날 시간이었다.

∞

"앙리는 왜 등대에서 나온 거야?"

[토티스 님이 핀 님을 살피라고 명령하셨습니다.]

"하여간. 할아버지는 걱정이 너무 많으시다니까."

핀과 앙리는 47구역 골목길을 지나면서 수다를 떨었다. 같은 도시연합 소속이라고 해도 47구역은 부유한 월면도시와는 달리 지독하게 빈곤한 지하도시다. 건축물도 대부분 싸구려 양철판을 덧대어 만든 가건물이다.

성산중공이 만든 월면도시라면 구역들이 보다 효율적으로 기획되고 구성되었겠지만, 이런 지하도시들은 대부분 그때그때 필요에 따라 증축하고 철거하며 의도치 않은 미로를 만들어내고는 했다. 환기 시스템이나 중력조절 시스템도 잘 작동되지 않는 구역들이 있어 날기도, 걷기도 불편했다.

메아는 핀과 앙리가 대화하는 모습을 지켜보며 조금 떨어져 걸었다. 월인의 징표가 되는 하얀 머리와 붉은 눈동자를 숨기기 위해 두터운 담요를 베일처럼 두르고 있느라 갑갑했지만, 난생처음 보는 골목길의 풍경을 넋이 나가서 바라보았다.

핀은 앙리에게 손짓한 뒤 마이크에 대고 나지막하게 속삭였다.

"앙리. 할아버지와 관리국에 보낼 영상은 차단한 거 맞지?"

[맞습니다. 비통하게도요.]

일반적인 생활보조드론은 아동의 보호자 및 관리국과 상시 연결되어 주민의 삶을 모니터링하도록 프로그래밍되어 있다. 하지만 앙리는 더 이상 업데이트할 수 없는 구형 모델인 데다, 달의 등대를 들르는 선원들이 이곳에서마저 감시받고 싶지는 않다면서 은근슬쩍 개조해버렸기에 의도적이었든 불가항력이었든 많은 기능이 마비된 상태였다.

핀은 메아를 바라보며 엄지와 검지로 동그라미를 만들어 보였다. 아침에 미리 메아에게 손가락으로 동그라미를 만들면 안심해도 좋다는 뜻이라고 알려주었다. 핀은 메아의 긴장이 누그러진 것을 확인하고는, 다시 앙리의 마이크에 속삭였다.

"나는 메아랑 걸을 거야. 그러니까 앙리는 10미터 후방에서 소리도 내지 말고 따라오도록 해."

[그렇게 명령하시는 이유가 무엇인지 여쭤도 될까요?]

"메아가 무섭대. 할머니와 성산중공에서 갇혀 지냈기 때문에 생활보조드론을 접할 기회가 없었던 거야."

앙리의 동체가 파르르르 떨렸다. 사람으로 치면 한숨에 해당하는 표현이었다. 핀은 웃으면서 앙리의 등을 떠밀어 뒤로 보냈다. 그러고는 담요 때문에 시야가 좁아진 메아가 걷기 편하도록 손을 잡아주었다.

핀은 다른 사람과 손을 잡고 걷는 것을 좋아했다. 어

린 시절 어머니가 꼭 그렇게 해주었던 기억이 있기 때문이다. 메아 역시 생소한 감각이기는 했어도, 핀의 손에서 전해지는 온기 덕분인지 어딘가 안심이 되었다.

두 사람은 곧 암시장 거리에 도착했다. 47구역의 암시장은 필요한 사람이 직접 좌판을 열고 물물거래하는 방식으로 운영되었다. 공식적인 금융 기록이 남지 않도록 원시적인 시장 시스템을 구축한 것이다.

암시장이라고 해도 위험한 물건은 없었다. 거래되는 상품은 주로 12구역 농장에서 남은 찌꺼기를 조리한 음식이나 25구역 공장에서 불법으로 반출된 불량품을 수리하거나 개조한 것들이 대부분이었다.

암시장 상인들은 핀이 돌아다니는 것에 별로 신경 쓰지 않았다. 이따금 어떤 상인들은 핀에게 눈인사를 보내기도 했다.

핀은 지하도시에서는 몇 안 되는, 달의 바다에서 일하는 사람이었다. 그것은 태양빛을 받으며 지낸다는 뜻이고, 작물을 기를 수 있다는 말이기도 했다. 암시장에서는 공식 루트를 통하지 않고 유통되는 작물에 높은 값을 매겼다. 덕분에 핀은 암시장에서 자기 나름의 뒷배를 갖추게 되었다.

"조금만 더 가면 이삿짐센터가 나올 거야."

"이삿짐센터?"

"밀항 전문."

핀은 어두운 골목으로 들어가며 앙리를 어떤 건물의 뒷문에서 대기하도록 했다. 그리고 간판에 오징어가 그려진 건물의 문을 두드렸다. 노크 소리가 멎자, 그 안에서 날카로운 인상의 여성이 껌을 씹으면서 나와 핀을 반겼다.

"핀, 토티스 어르신이 네가 어제 옥토랑 같이 고양이를 찾아다녔다고 하시던데? 어쩌다 이 귀염둥이가 귀엽지 않은 짓을 했을까?"

"텐타 누나, 고양이는 무사하니까 걱정 마. 땡땡이치려고 거짓말을 좀 했어."

텐타라고 불린 여성은 히죽거리면서 씹던 껌을 풍선

처럼 불고는 핀의 머리를 쓰다듬었다. 텐타는 옥토의 누나이자 핀의 이웃이었으며 47구역에서 알아주는 이사 전문가였다.

핀 또한 웃으면서 텐타에게 감자가 가득 담긴 봉투를 건넸다. 핀이 보물처럼 기른 달 감자였다. 물물교환으로는 핀이 밑지는 장사였지만 사정이 사정이니만큼 이 정도 손해는 감수해야 했다.

"허, 웬일로 이 귀한 물건을 다 갖다준다니? 토티스 어르신께서 맡긴 일이야?"

핀은 고개만 끄덕였다. 텐타는 그제야 핀 뒤에서 어쩔 줄 모르고 서성이는 메아를 발견했다. 텐타는 다 알겠다는 듯 핀을 바라보았다. 머리카락이 헝클어지도록 마구잡이로 핀의 머리를 쓰다듬고서는 두 사람을 건물 안으로 들였다.

"나이를 보아하니 동업자는 아닐 테고. 난민?"

"비슷해."

"어디로 보내줄 건데? 12구역? 항구도시니까 떠돌이

들이 가기 좋지."

"아니. 월면도시."

텐타는 핀의 부탁에 놀란 나머지 씹던 껌까지 삼킬 뻔했다. 받은 감자들을 그냥 다시 돌려줄까도 고민했지만, 핀의 할아버지 토티스의 부탁이라는 점을 상기했다. 그렇다면 텐타로서는 거절할 수 없는 일이었다.

토티스는 달의 등대지기다. 달의 등대지기는 달을 항해하는 이들이라면 그들이 합법적으로 활동하건 불법을 저질렀건 가리지 않고 돕는다. 40번대 구역 사람들이라면 모두가 토티스를 알았고 또 의지했다. 텐타와 같은 밀수꾼까지도 토티스를 존경했고 그의 부탁이라면 무엇이든 기꺼이 들어주었다.

그날 아침 두 사람이 잠에서 깨었을 무렵, 핀은 메아에게 부모님을 찾기 위해 월면도시에 가보자고 제안했다. 메아의 할머니는 월인들이 달 개발을 도왔다고 했다. 초창기 달 개발을 주도한 사람들이라면 월면도시에 살고 있을 가능성이 높았다. 메아가 월면도시에 커다랗게 그림자의 세계를 연다면, 메아의 부모님이나 부모님을 알고 있는 월인이 그 세계에 닿을 것이 분명했다.

무국적자가 월면도시에 갈 수 있는 방법을 아는 사람은 암시장의 범죄자들뿐이었다. 그중에서도 이삿짐센터로 불리는 이 범죄자들이야말로 밀항의 전문가였다. 이들은 상대방의 동의 여부를 따지지 않으며, 사람이건 물건이건 여기에서 저기로 옮기는 데는 전문이다. 핀이 텐타를 찾아온 것도 바로 그 때문이었다.

텐타는 핀과 메아를 테이블에 앉히고는 핀에게 받은 달 감자 세 알을 쪄주었다. 메아는 눈앞에서 김을 내뿜으며 금빛으로 빛나는 감자를 보며 감탄했다. 잘못 만졌다간 모래성처럼 무너질 것같이 잘 쪄진 감자였다. 텐타는 메아의 감자 위에 암염을 갈아 뿌려주었다. 메아는 입안을 데이는 것조차 신경 쓰지 않고 허겁지겁 달 감자를 삼켰다.

"핀이 재배한 달 감자는 월면도시에서 빼돌린 식재보다도 맛있지. 아주 일등 신랑감이라니까. 꼬마 손님이 오늘 귀한 걸 드셨어."

"메아, 내 것도 먹어. 텐타 누나, 월면도시로 가려면 어떻게 해야 해? 탄광 루트만 아니면 다 괜찮아."

"루트야 여럿 있지. 화물선 짐칸으로 가는 방법도 있고 지하도로로 가는 방법도 있고. 꼬마 손님한테 등록증은 없을 것 같네. 이따 한 장 만들자고. 하얀 머리카락이 너무 눈에 띄니까 변장도 해야 할 테고… 만능열쇠도 챙겨줄까?"

메아가 끼니를 해결하는 사이, 텐타는 핀에게 월면도시로 갈 수 있는 방법들에 대해 설명했다. 핀은 달의 등대에서 지내며 암시장에 식재를 공급할 만큼 조숙한 아이였지만 아직 밀항을 경험한 적은 없었다. 텐타 같은 꾼들이 사용하는 만능열쇠를 써본 일도 없었다. 그저 월면도시에 몰래 잠입하는 일이 얼마나 위험천만한지 귀동냥으로 들은 것이 전부였다.

텐타는 창고로 가서 메아의 하얀 머리카락과 붉은 눈동자를 감춰줄 변장 도구를 찾았다. 그사이 핀은 메아에게 긴장했다는 사실을 들키지 않으려 주의하며, 텐타가 제안한 다섯 가지 중 무엇이 가장 안전하게 메아를 월면도시로 데려갈 수 있는 방법인지 고민했다. 하지만 그 고민은 오래가지 못했다.

"실례합니다. 저는 성산 연구소의 소장 요안이라고 합니다. 프로젝트 진행을 위해 지역 주민 여러분께 협조를 부탁드리고 있는데, 잠시 시간 좀 내주실 수 있습니까?"

현관문 너머에서, 누군가가 무척이나 온후하고 상냥한 말투로 인사를 건네 왔기 때문이다.

∞

　요안이 47구역에 직접 내려가겠다는 의사를 밝혔을 때, 부하 직원들은 한사코 반대했다. 월면도시에서도 가장 상층 거주구에서만 지냈던 그가 탄광촌의 암시장에서 사고라도 당하지 않을까 염려했기 때문이었다.

　하지만 요안은 험한 작전일수록 상관이 먼저 앞장서야 한다고 주장했다. 그러고는 부하 직원들의 염려를 생각하여 경호용 드론 스물여덟 대를 대동하기로 했다. 만약 문제가 생길 경우에는 다 쏴버리면 된다고 주장하면서. 이만한 숫자의 드론을 대동하면 문제가 없을 것이라면서.

　덕분에 47구역 주민들은 월면도시의 샌님이 사방에

총구를 겨눈 완전무장 드론들의 호위를 받으며 시장가를 활보하는 진풍경을 보게 되었다.

"실종 아동을 찾고 있습니다. 혹시 머리카락이 하얀 아이를 보신 적 있나요?"

요안이 텐타의 이삿짐센터 문을 조심스레 두드리고 친절하게 용건을 말했을 때, 47구역 주민들은 이제 자신의 귀까지 의심했다. 아무리 월면도시에서 잘나간다는 성산중공이라고 해도 다른 구역에 무장한 채 들어와서는 총구를 들이밀며 위협하다니.

47구역이 달에 자리 잡은 이후 이렇게나 큰 물리적인 위협은 처음이었다. 모두가 숨을 죽이고 어떻게 대응해야 할지 고민하는 사이, 텐타가 문을 열고 어느 때보다도 위협적인 표정으로 손님을 맞았다. 요안은 콧수염을 매만지다 급히 묵례를 보냈다.

"요안 소장님, 무슨 일이시죠?"

"잠시만 건물 안을 수색하고 싶습니다."

"여기는 제47자치구역이에요. 아무리 월면도시의 대

기업에서 왔다 해도 자치구역의 주민들이 협조해야 할 의무는 없는데요."

그 순간, 저릿하면서도 묵직한 충격이 덮쳐 텐타는 바로 그 자리에 주저앉고 말았다. 텐타의 표정이 너무 무서웠던 요안이 미리 준비한 스턴건을 그의 배에 쑤셔 박은 것이다.

텐타는 입에 거품을 문 채, 자신을 내려다보며 이마를 찌푸리고 있는 요안을 노려보았다. 요안은 그 눈빛이 너무나도 혐오스러웠다.

'첫 대면에 표정을 찡그리는 것도 모자라서 말대꾸까지 하다니, 어쩜 이렇게 야만적인 사람이 다 있담? 편견을 가지면 안 되겠지만 지하 구역 사람들 중에는 무식하고 거친 사람들이 있다는 말이 사실이었어!'

요안은 텐타만큼이나 그가 지내는 이삿짐센터가 께름칙해 보였다. 결국 경호용 드론을 앞세워 건물 안으로 들여보낸 뒤, 일제 난사를 명령했다. 투다다다다, 드론 스물여덟 대의 총구에서 시위 진압용 탄환이 쏟아졌다.

이삿짐센터 안의 가구들은 모조리 가루가 되었다. 요안은 그제야 안심하고는 텐타를 밟지 않게 조심하면서 안으로 들어갔다.

"T-772. 이 안에 있지? 술래잡기도, 숨바꼭질도 연구소에서 하게 해줄 테니까 돌아가자. 나는 이런 야만적인 곳에 더 있고 싶지가 않아요. 지금이라면 용서해줄게. 그러니까 나 화내기 전에 어서 나오렴."

명랑한 목소리가 건물 안에 울려 퍼졌지만 아무 반응도 돌아오지 않았다. 요안은 드론을 조작해서 초음파와 적외선을 포함해 온갖 수색 장치를 기동했다. T-772, 메아의 어깨에 심어놓은 인식칩의 신호가 이 장소를 가리키고 있는 것은 분명했다.

곧 8번 드론에서 알람이 울렸다. 8번 드론이 레이저 포인트로 가리키고 있는 곳은 온갖 잔해들로 가득했다. 조심스레 그 잔해들을 치우니, 창고로 위장된 지하 터널과 바닥에 떨어진 인식칩을 찾을 수 있었다.

요안은 목표물을 놓쳤다는 아쉬움이 컸지만 이 상황

에 감탄하지 않을 수 없었다. 그래도 추적을 멈출 수는 없었다. 요안은 드론에게 터널을 수색하도록 명령했다. 하지만 터널 아래에는 갈림길이 너무나도 많았다.

"아하, 여기로 다녔던 거군요? 지하도시 사람들도 참 영리하네요."

"월면도시 놈들은 참 멍청하고 말이지."

요안은 어디선가 들려 오는 목소리에 깜짝 놀라서 뒤를 돌아보았다. 그곳에는 텐타가 서 있었다. 아직 전기 충격으로 인한 마비가 완전히 풀리지 않아 손가락이 조금씩 경련하고 있었지만, 손에 쥔 쇠파이프를 놓치지 않으려 안간힘을 쓰고 있었다.

"실례해요, 문명인 양반."

요안은 정수리를 향해 날아오는 쇠파이프를 바라보며 나지막이 탄식을 흘렸다.

∞

핀은 메아의 손을 잡고 터널 안을 달렸다. 암시장 사람들이 불법으로 개설한 터널이라 중력조절장치가 없어 달리기 쉽지 않았지만, 핀은 달의 등대에서 할아버지를 도우면서 어떻게 해야 저중력 구간에서 빠르게 움직일 수 있는지를 숙달하고 있었다.

두 사람이 도망칠 수 있었던 것은 어디까지나 이삿짐 센터 일로 잔뼈가 굵은 텐타의 기지 덕분이었다. 텐타는 요안이 초인종을 누른 순간, 이토록 복잡한 47구역에서 암시장 골목을 발견하고 그중에서도 자신의 가게까지 찾아왔다는 것은 핀이나 메아 둘 중 하나에게 위치추적기가 부착되었기 때문이리라 직감했다.

텐타는 핀에게 금속탐지기와 단검을 건네준 뒤 지하 터널로 연결되는 비밀문을 가르쳐주었다. 핀은 텐타가 시간을 끄는 사이, 메아를 데리고 지하터널에 내려가 어깨 피부 밑에 이식된 인식칩을 빼낼 수 있었다.

하지만 아직 안심할 수는 없었다. 요안은 텐타에게 맞아 기절하기 직전, 이미 경호용 드론에게 핀과 메아를 추적할 것을 명령했기 때문이다. 성산중공의 최신형 드론들은 얼마 동안은 미로와 같은 지하터널 곳곳을 헤매는 듯했지만, 이내 미묘한 공기의 움직임과 소리를 추적해 핀과 메아가 있는 방향으로 쇄도하기 시작했다.

"핀! 그만 달리면, 안, 될까?"

"조금만 참아! 드론에게 붙잡히면 넌 다시 성산중공에 끌려가게 될 거야!"

죽어라고 달렸지만 성산중공의 드론들은 얼마 걸리지 않아 그들의 뒤를 따라잡았다. 월장석 엔진으로 움직이는 드론들은 저중력 구간에서 보다 민첩하게 움직일 수 있는 탓이었다.

메아는 핀의 말을 듣고도 도리어 그 자리에 우뚝 멈춰 섰다.

"아니야. 괜찮아. 나는… 괜찮아. 괜찮을 것 같아."

메아는 허리를 숙인 채 가쁘게 숨을 헐떡이면서도 팔을 등 뒤로 겨냥하듯 뻗었다. 그리고 그림자를 크게 흔들었다.

우웅, 우우웅. 두 사람을 추적하던 드론들의 월장석 엔진이 빛나기 시작했다. 이내 드론들은 푸슉, 하고 연기를 내뿜으며 바닥으로 떨어지고 말았다.

"메아! 네가 한 일이야?"

"응."

"그림자의 힘으로 드론을 멈춘 거야?"

핀의 동공이 커졌다. 핀은 메아가 손짓만으로 저 위협적인 드론들을 멈췄다는 사실을 이해하려 애썼다. 이럴 줄 알았으면 처음부터 도망치지도 않았을 텐데.

메아는 핀이 놀라건 말건, 터질 것처럼 뛰는 심장이 가라앉을 때까지 숨을 골랐다. 이제는 아예 드러누워버렸다.

"월인의 힘으로 이런 일도 할 수 있어? 정말 대단해!"

"아니… 몰랐어. 어제까지만 해도 내 그림자가 이렇게 나 커진 적이 없었어."

메아는 땅바닥에 누운 채 양손을 들어보았다. 왜일 까? 왜 연구소에 갇혀 있었을 때보다 그림자를 다루기 가 더 쉬워진 걸까? 아무튼 더 이상 뛸 일도 없게 되었 으니 잘된 일이라 생각하기로 했다. 하지만 핀의 표정은 어두웠다.

"핀, 괜찮아? 숨 쉬기 힘들면 같이 눕자."

"음… 아냐. 우리는 일단 등대로 돌아가야 할 듯해."

핀은 메아가 너무 실망하지 않도록 단어를 조심스레 골라가며 설명했다.

"드론과 위치추적기를 부수기는 했지만, 성산중공의 추적자가 이삿짐센터에 숨어 있던 우리를 찾아냈잖아. 그렇다면 성산중공에서는 메아가 47구역 바깥으로 나 가려 한다는 사실도 알았을 거야. 당분간은 47구역이나 월면도시의 관문마다 감시 레벨이 높아지고 통과 절차도 엄격해질 가능성이 높아."

메아는 핀의 설명을 온전히 이해하지는 못했다. 다만 핀의 말투와 눈빛에서 상황이 심각하다는 것 정도는 읽어낼 수 있었다.

핀은 자리에 앉아 앞으로 어떻게 해야 할지 고민했다. 하지만 마땅히 떠오르는 해답 없이 점점 문제가 복잡하게 꼬이는 것만 같았다. 당장 등대로 돌아가는 것도 백 퍼센트 안전한 일이라고 확신할 수 없었으며, 언제 관문의 경계 태세가 풀릴지도 알 수 없었기 때문이다. 어쩌면 꽤 장기화될지도 모른다.

핀이 생각에 빠진 사이, 메아는 아까까지 자신을 쫓던 드론을 살펴보았다. 메아에게 드론은 신기한 물건이었다. 메아는 태어나서 드론조차 몇 번 보지 못했던 것이다. 성산중공의 추적용 드론은 생활보조드론인 앙리보다 좀 더 과격하게 생겼다. 하단에는 메아와 할머니를 감시하던 경비원이 들고 있던 것 같은 총이 달려 있었다.

메아는 드론을 만지작거리던 중 자신의 그림자가 크게 진동하는 것을 느꼈다. 그뿐만이 아니었다. 메아는 드론 안에서 미약하게 울리는 심장박동마저 느낄 수 있었다. 정확히는 드론의 심장이 아닌, 그 안의 월장석 엔진에 남은 온기와 진동이었지만, 월인인 메아에게 그 둘은 완전히 다른 것이 아니었다.

"핀."

"응? 왜?"

"이런 건 어디에 가면 더 가질 수 있어?"

핀은 고개를 돌려 메아를 바라보았다. 메아의 뒤에는 이미 고장 났을 드론들이 눈부신 빛을 내며 공중에 떠 있었다. 메아가 그림자의 힘으로 월장석 엔진을 구동시킨 것이다.

∞

"위에 떠 있는 파랗고 동그란 게 지구야?"

"응. 우리가 살고 있는 달이 저 별 주변을 돌고 있어. 지구는 달보다 훨씬 크고 공기와 바다가 있대. 지금처럼 우주복을 입지 않아도 숨을 쉴 수 있고 물이 넘쳐날 정도로 많아서 마음껏 쓸 수 있대."

메아는 달 표면을 달리는 보트 위에 앉아서 짙푸른 지구를 뚫어지도록 바라보았다. 할머니가 그림자의 세계에서 지구에 대한 기억을 몇 번 보여준 적 있었지만, 이렇게 육안으로 지구의 모습을 바라보는 것은 태어나서 처음이었다.

"아름답지 않아? 나는 달도 좋아하지만 지구도 좋아."

"핀은 지구에 가본 적 있어?"

"아직 없어. 하지만 언젠가는 그곳의 바다에서 헤엄을 쳐보고 싶어. 헤엄이라는 건 마치 저중력 공간에서 하늘을 자유자재로 날아다니는 느낌이래."

핀은 지구가 잘 보이도록 보트의 각도를 틀어 하늘을 향하게 했다. 보트가 크게 덜컹거렸지만, 메아는 그조차 즐거웠다.

지하터널에서 47구역으로 돌아간 뒤, 두 사람은 월면을 항해하기로 했다. 성산중공의 추적이 따라붙은 이상 47구역에 숨어 있을 수도, 경계 레벨이 올라가 무척 엄격해졌을 입항 절차를 뚫고 다른 도시로 도망칠 수도 없었기 때문이다.

무엇보다 월장석 폐광으로 가야 했다. 터널에서의 추격전 이후, 메아와 핀은 월장석과 연결되면 그림자의 힘이 보다 강해진다는 사실을 깨달았다.

이후 두 사람의 목표는 밀항에서 월장석으로 바뀌었다. 월장석을 잔뜩 모아 메아가 가진 그림자의 힘을 증

폭시킨다면, 월면도시에 살고 있는 월인이 들어올 수 있을 만큼 그림자의 세계를 키울 수 있다면, 복잡한 통관 절차 따위는 무시할 수 있을 테니까. 그리고 긴 여정에 수다는 필수품이었다.

"먼 옛날, 지구에 살던 사람들은 지구가 우주의 중심이라고 생각했대. 그래서 달도 태양도 다 지구를 중심으로 돌고 있다고 생각했대. 놀라운 이야기도 아니지. 저렇게나 아름답게 빛나는 별에 살고 있었다면 나라도 착각할 것 같아. 안 그래?"

"우주의 중심? 우주의 중심은 어디에 있어?"

핀은 메아의 질문에 당황했다. 그러게. 이 우주의 중심은 어디라고 해야 하지? 예전에 앙리가 진행한 교육 프로그램에 따르면 옛날 사람들은 태양과 달, 별들이 지구를 중심으로 움직인다고 생각했으나, 이후 지구가 아닌 태양을 중심으로 계산하게 되었다고 했다. 하지만 태양은 태양계의 중심이지 우주의 중심은 아니었다.

"나도 모르겠어. 앙리, 우주의 중심은 어디에 있을까?"

[흔히 우주의 중심에 대해 질문하는 경우는 우주가 한 점에서 폭발해 팽창하고 있다는 빅뱅 이론에 의거하여 그 폭발점이 어디인지를 묻는 것입니다. 이 질문에 대해 답변드리자면 우주 팽창에는 특정한 중심점이 없습니다. 우주 자체가 균일하게 팽창하고 있기 때문입니다. 보다 자세히 설명드리자면….]

"앙리, 그만 됐어! 그러게. 메아야, 이 우주에 중심이 있다면 그건 어디일까?"

앙리의 설명이 길어질 기미를 보이자 핀은 곧바로 말을 돌렸다. 앙리가 한번 발동이 걸리면 밤이 새도록 우리가 살고 있는 우주의 신비에 대해 떠들 것이라는 사실을 잘 알고 있기 때문이었다.

앙리는 핀이 설명을 끊자 시무룩하다는 듯 월장석 엔진의 출력을 낮추었고, 메아는 그 모습을 보며 깔깔 웃어버렸다. 두 사람과 인공지능 하나는 그렇게 서로 가까워져갔다.

얼마 지나지 않아, 핀은 보트에 속도가 붙는 것을 느

끼면서 천천히 페달을 밟았다.

"조금만 더 있으면 43구역의 폐광과 연결되는 협곡이야."

"협곡이 뭐야?"

"깊게 상처 난 땅이야. 그 상처 안으로 들어가면 간단하게 폐광의 깊숙한 곳으로 갈 수 있지. 거기에는 월장석이 잔뜩 쌓여 있을 거야."

그 순간, 앙리의 램프가 붉은빛을 반짝이며 경고음을 냈다. 핀과 메아는 암시장을 떠나기 전, 앙리를 다시 만났다. 어린아이 둘이서 보트를 타고 달의 바다를 항해하는 것은 너무나 위험한 일이었기 때문이다.

[예보에 따르면 곧 흑점 폭발이 있을 예정입니다. 방사능파에 직격당하지 않도록 항해를 멈추고 긴급 피난 모드를 발동하겠습니다.]

"이런…. 고마워, 앙리."

앙리는 생활보조드론답게 달의 기후 변화에 대한 검색 결과를 스크린에 띄웠다. 핀은 내용을 확인하고는 긴급 피난 모드를 승인했다.

보트는 방사능의 파도가 달 표면을 덮치기 전에 항해를 멈추고 근처 안전지대에 정박했다. 하늘을 향해 열려 있던 창을 보호막으로 덮고 전자 기기에 피해가 가지 않도록 장치 대부분의 작동을 멈추었다.

"왜 멈춘 거야?"

"태양이 화를 낼 거래. 태양이 화를 내면 달에 전자파와 방사능이 쏟아져. 과도한 전자파와 방사능은 기계를 고장 내고 사람을 병들게 해. 그래서 우리는 잠시 태양이 화를 가라앉힐 때까지 숨어 있는 거야."

핀은 마음이 급해 일기예보를 확인하지 못했음에 자책했다. 달에도 기후 관측과 일기예보는 필요하다. 쏟아지는 햇빛과 운석, 우주쓰레기는 달의 환경에서 고려해야 할 상수이기 때문이다.

보트, 아니 쉘터의 안은 좁지만 아늑했다. 보조 배터리로 구동하는 램프와 앙리의 월장석 엔진의 진동을 제외하면 어떠한 빛도 소리도 없이 잠잠했다.

메아와 핀은 등을 기대고 앉아 흑점 폭발의 여파가 지나기를 기다렸다. 핀은 주머니에서 칼로리바를 꺼내 메아에게 건넸다. 말 그대로 살아남는 데 필요한 열량을 채우기 위해 만들어진, 푸석푸석한 음식이었다.

핀은 조용히 쉘터 안을 메우는 메아의 숨소리를 들었다. 메아는 핀의 이야기를 듣고 싶었다.

"핀. 지구는 어떤 곳이야?"

"지구?"

"응. 지구."

핀은 잠시 눈을 감고서 지구를 떠올렸다. 어디까지나 47구역 서버에 담긴 교육용 자료를 통해서만 본 곳이지만, 핀의 마음속에는 그 모습이 직접 가본 것처럼 생생하게 떠올랐다.

"지구는 바람이 불고 파도가 치는 곳이야. 달의 바다는 고요하고 아무런 변화가 없지. 하지만 지구는 달라. 그곳의 바다에는 항상 무언가가 달라지고 있어. 구름이 흐르고 비가 내리고 물고기가 헤엄치고…."

메아는 핀이 지구에 대해 들려주는 이야기를 들으면서 쉘터의 벽에 기댔다. 하루를 보내면서 쌓인 피로가 한꺼번에 쏟아졌다. 메아는 핀이 나지막하게 무언가에 대해 설명하는 목소리를 듣는 것이 좋았다.

　"핀?"

　"응?"

　"언젠가 나랑 지구의 바다에 가자⋯."

　어느새 잠이 든 메아가 잠꼬대를 한 것이었다. 핀은 메아가 꾸벅꾸벅 조는 모습을 보고 조용히 미소 지었다. 그러고는 쉘터의 보관함에서 담요를 꺼내 메아와 함께 두른 뒤 잠을 청했다.

∞

"메아야, 일어나! 이제 조금만 더 가면 폐광이야."

메아는 신난 목소리에 잠에서 깨어났다. 개운하게 눈 뜨는 모습을 보아 제법 푹 잠들었던 모양이었다. 흑점 폭발이 멎자, 핀은 잠든 메아를 깨우지 않고 그대로 항해를 계속했다.

메아는 자리에서 일어나 보트 너머의 풍경을 보았다. 달의 바다에 커다랗게 금이 가 있었고, 핀과 메아가 탄 보트는 그 안으로 내려가고 있었다.

협곡은 무척이나 넓어, 전함도 그 안에서 항해할 수 있을 정도였다. 하지만 핀은 혹시라도 보트가 협곡의 양 옆에 닿지 않도록 조심해서 키를 잡았다.

달의 바다와 그 너머의 은하가 곧 시야에서 사라지고 보이는 것은 돌로 된 절벽뿐이었다. 깊이, 더욱더 깊이 내려가면서 핀은 착잡한 마음이 들었다. 앙리가 그의 기분을 알아차렸는지 어느새 옆으로 다가왔다.

[서쪽으로 12킬로미터 더 간 뒤 수직으로 낙하하면 43구역 폐광의 6번 출입구로 연결됩니다. 괜찮으시겠습니까?]

"응. 알고 있어. 전에도 와봤잖아."

[저도 알고 있어서 드린 말씀입니다.]

핀은 피식 웃은 뒤 앙리의 머리를 토닥여주었다. 앙리의 월장석 엔진이 다시 돌면서 그의 동체를 하늘로 띄워올렸다. 이번에는 핀도 앙리를 붙잡지 않았다.

메아는 가슴이 점점 더 빠르게 뛰기 시작하는 것을 느꼈다. 이는 처음으로 경호용 드론들의 월장석 엔진을 조종하게 되었을 때와 비슷하면서도 훨씬 더 복잡한 감각이었다. 군이 표현하자면 이전보다 훨씬 더 시끄러웠다고 해야 할까. 폐광 지역의 월장석들이 메아의 그림자에 반응하여 공명하는 것이었다.

곧 두 사람은 폐광의 6번 출입구에 도착했다. 채굴한 월장석을 옮기기 좋게 절벽 안쪽에 커다란 철문이 세워져 있었다. 6번 출입구는 폐광의 계기가 된 사고에서 유일하게 매몰되지 않은 통로이기도 했다.

핀은 계류장에 보트를 정박시키고 메아에게 우주복을 입혀준 뒤 하선했다. 앙리도 두 사람을 따라가고자 위로 날아올랐다.

앙리는 6번 출입구의 정문 옆, 작업자 전용 출입구로가 핀의 부모님으로부터 받았던 비밀번호를 입력했다. 태양열 충전기로 움직이는 달의 광산은 사고 이후 별달리 관리되지 않았음에도 전자 기기 대부분이 여전히 작동하고 있었다.

핀이 메아의 손을 붙잡고 쪽문 안으로 들어가려는 순간, 앙리가 두 사람을 가로막았다.

[주의하십시오.]

"무슨 일인데?"

[건물 안에서 다수의 생명 반응이 느껴집니다.]

그 순간, 안쪽에서 문이 열렸다. 메아와 핀은 문을 연 사람의 얼굴을 곧바로 알아차렸다. 요안. 성산중공 월인 연구소의 소장이자 T 프로젝트의 담당자이며 47구역의 암시장 거리까지 메아와 핀을 쫓아왔던 추적자.

저번과는 달리, 요안의 뒤에는 경호용 드론이 아니라 무장한 군인들이 즐비하게 서 있었다. 메아는 핀의 앞을 막아서며 그를 지키려고 했지만, 너무 많은 총구가 자신을 향하고 있어 어떻게 그림자의 힘을 써야 할지 혼란에 빠졌다.

요안은 그런 메아를 바라보면서 여느 때처럼 다정한 미소를 지었다.

"메아 왔니? 착하기도 하지. 가서 앉으렴. 오늘부터 해야 할 실험이 많아요."

하지만 메아의 시선은 요안의 웃는 얼굴에 가 있지 않았다. 요안이 들고 있는, 어항과도 같은 무언가가 눈길을 사로잡았기 때문이다. 보존 용액이 가득 차 있는 사람 머리만 한 유리병 안에는 이 세상에서 가장 친숙하고 다정한 무언가가 들어 있었다. 그것은 바로 T-771, 할머니의 심장이었다.

∞

요안은 폐광에 세워진 비밀 연구소의 소장실에 있었
다. 그는 라운지 체어에 앉아 창밖을 바라보며 유기농
치킨 수프를 마셨다. 보이는 풍경은 맞은편 절벽뿐이었
지만, 요안은 달에서 바깥이 보이는 공간을 갖고 있다는
사실 자체로 만족스러웠다. 그는 찬찬히 그날 있었던 피
곤한 사건들을 반추했다.

요안이 텐타에게 두들겨 맞아 기절했을 때, 성산중공
의 바이탈 체크 시스템은 즉각 고위 간부의 신변에 위협
이 가해졌음을 포착했다. 성산중공 소속 VIP용 사설 경
호 부대는 47구역의 암시장가로 즉각 출동해서 구출 작
전을 펼쳤다.

작전 내용은 그리 극적이지 않았다. 텐타를 비롯한 47구역의 암시장 골목 주민들은 여러모로 잔뼈가 굵은 인물들이었다. 토티스의 손자 핀이 위험에 처했다는 소문이 삽시간에 전역으로 퍼졌고, 텐타는 이삿짐센터에서 도망친 지 오래였다. 다른 주민들은 요안을 초주검으로 만들고는 시장 골목 한편에 놓인 음식물쓰레기통 안에 가둬버렸다. 결국 사설 경호 부대가 한 일이라고는 요안을 연구소로 데려다 놓는 것이 전부였다.

요안은 구슬픈 눈동자로 거울을 바라보며 절반가량 쥐어뜯긴 바람에 모양이 망가져버린 콧수염을 어떻게 다듬어야 할지 고민했다. 정성 들여 기르고 가꾼 콧수염인데, 이렇게나 엉망이 되다니.

하지만 오늘 하루, 그에게 가슴 아픈 사건만 있었던 것은 아니다. 요안은 고개를 돌려 데스크 위에 놓인 T-771의 심장을 바라보았다. 이제 이 옆에는 T-771의 손녀, T-772의 심장도 놓이게 될 것이다. 그 심장들은 모두 그와 팀원들의 공적이 되리라.

그가 기분 좋게 미소 짓자, 그때까지 그의 눈치를 살피고 있던 요안의 비서가 다가와서 말을 건넸다.

"소장님, 용태는 어떠십니까?"

"이제는 좋아졌어요. 염려해줘서 고마워요. 지구와의 통신은요?"

"지금까진 잘 막아두고 있습니다. 유물을 다 옮길 때까지는 어떤 신호도 가지 못하게 막을 수 있습니다."

요안은 새로 끓인 수프를 머그컵에 담아 비서에게 건넸다. 비서는 기쁜 표정으로 잔을 받았다. 요안은 항상 달에서 구할 수 있는 가장 좋은 식자재로 요리하고는 했다. 비서는 요안 덕에 지구에서나 먹을 법한 귀한 요리들을 자주 먹을 수 있었다.

"T-772의 상태는 어떻습니까?"

"이 근처에는 월장석이 많이 매장되어 있어서 영자력이 폭주하지 않을까 걱정했습니다만, T-771에게 그러했던 것처럼 영자력 차단 수갑이 힘을 쓰지 못하게 잘 막아주고 있습니다. 또 옆에 있던 꼬마 아이가 인질로

잡혀 있어선지 예전과는 달리 크게 저항하지 않고 있습니다. 아, 그리고 화관의 잠금장치를 기동시켰습니다."

"좋아요. 이전까지는 T-772가 T-771의 인질이었습니다만 앞으로는 T-772가 실험 대상이니 옆에 새로운 인질이 하나 있어도 나쁘지 않겠어요. 숫자가 하나 줄었으니 하나 더해야지요. 그런데 그 꼬마는 뭐 하는 아이인가요? 무슨 수로 월인들의 고대 유적 연구소까지 찾아온 걸까요?"

비서는 이제 막 작성을 마친 종이 보고서의 낱장들을 가지런히 정돈해서 요안에게 건넸다. 요안은 문장의 구성과 문단의 내용, 특수기호가 적절하게 사용되었는지 등을 꼼꼼히 따져가며 천천히 보고서를 검토했다.

"핀이라는 꼬마는 47구역 등대지기의 손자이자 사건 당시 43지구 탄광 관리자의 아들이군요. 그렇다면 6번 출입구의 패스워드를 아는 것도 납득이 가네요."

요안은 웃으면서 보고서를 내려놓았다. 월인 연구소를 개소하고 소장이 되기 전까지 그는 43지구 탄광 개발을 주도하는 팀장이었다. 이곳에서 그 유물을 발견하지 못했다면, 그리고 사후 처리를 제대로 하지 못했더라면 이렇게 급진적인 승진은 불가능했을 것이다.

요안은 당시 자신의 부하였던 탄광 관리자, 핀의 어머니의 얼굴을 떠올리려고 노력했지만 쉽지 않았다. 그 사람을 좋아하지 않았다는 막연한 감정만 기억났을 뿐이었다.

"T-772 옆에 있던 아이가 폐광 패스워드를 알고 있었던 이유는 이제 밝혀졌어요. 하지만 여전히 저 둘이 이곳으로 온 이유는 모르겠군요."

"아마도 폐광에 숨어 지내려고 한 것 같습니다. 꼬마가 생각하기엔 폐광이 수백 명이 먹고살 수 있을 만큼의 물자가 고스란히 땅에 묻힌 채 남아 있는 보물창고로 여겨졌을 테니까요."

요안은 다시금 보고서를 들고서 안에 적힌 내용을 반복해서 읽었다. 어딘가 께름칙한 기분이 가시지 않았다. 마치 커피가 남아 있는 잔을 집 어딘가에 놓고서 잊어버렸을 때처럼. 자기가 눈치채지 못한 무언가가 남아 있는 듯했다.

"확인해봐야겠군요. T-772와 꼬마를 데려와주세요."

∞

　메아와 핀은 수갑을 찬 채 비밀 연구소의 소장실로 끌려갔다. 속박 디스크가 삽입된 앙리도 그들을 따랐다. 두 사람 다 아직 우주복조차 벗지 못한 데다, 손목에 걸린 수갑은 월인이 그림자의 힘을 내지 못하도록 특별 제작된 물건이라 움직이기 여간 불편한 것이 아니었다.

　분명 비밀 연구소라고 들었는데, 소장실의 한쪽 벽면에는 유리로 된 창이 커다랗게 나 있었고, 이상하리만치 크고 사치스러운 가구와 장식 들로 가득했다.

　그 장식 중에 가슴 아프도록 끔찍한 물건이 하나 있었다. 메아는 소장실에 들어가자마자 데스크에 놓인 그 물건을 보고는 소리를 지르면서 요안에게 덤벼들었다.

"왜 이 유리병 안에서 할머니의 마음이 느껴지는 거야? 우리 할머니를 어떻게 했어!"

"T-772. 저리 가. 어른한테 말투가 그게 뭐지? 네가 소리를 지르니까 내가 놀라고 무서워서 대화를 못 하겠잖아."

"아악!"

요안은 리모컨의 버튼을 눌러 메아의 수갑에 고압 전류를 흘려보냈다. 메아는 기절할 것 같은 격통에 몸부림쳤다.

핀이 황급히 무릎을 꿇고 메아의 수갑을 풀어보려 했으나, 수갑은 사람의 힘으로 풀기에는 너무나 단단했다. 텐타가 만능열쇠를 꺼냈을 때 받지 않았던 것을 이렇게나 후회하게 될 줄은 꿈에도 짐작하지 못했다. 결국 앙리가 급히 메아를 향해 날아가서 바이탈 체크를 하는 것 정도가 그들이 할 수 있는 최선의 조치였다.

"메아! 메아야, 괜찮아?"

"걱정하지 마. 다칠 정도는 아니니까. 내가 놀라서 그

랬지, 나쁜 사람은 아니에요. 알고 보면 나처럼 좋은 사람도 없어."

핀은 화가 나 요안을 노려보았지만, 그의 표정을 보며 당황하고 말았다. 요안의 눈빛에서 비꼬거나 조롱하는 기색은 조금도 느껴지지 않았다. 그는 진심으로 놀란 것처럼 보였다.

핀은 확신했다. 지금 자신과 메아의 앞에 서 있는 저 남자는 잔뜩 겁을 먹고 위축되어 있다. 우리는 자신보다 한참 어린 데다가 수갑에 묶여 있는데도. 심지어 본인은 우리를 향해 전기충격까지 가할 수 있지 않은가! 누군가의 시체에서 훔친 심장을 테이블 위에 장식했으면서도 유가족이 분노하며 비난하고 있는 상황에 도리어 상대방의 태도를 탓하는 것을 보아 모순을 느끼지 못하는 것 역시 분명했다.

할아버지는 핀에게 나이나 지위는 덧셈으로만 계산되는 것이 아니라고 말했다. 나이나 지위가 사람들을 성숙하게 할 때도 있지만, 오히려 더 어리게 만드는 경우가 많다고 했다. 핀은 요안을 보며 할아버지의 말씀이 무슨 의미였는지 실감했다. 핀은 어처구니가 없어 할 말을 잃고 말았다.

"조용하니 좋구나. 자, 그러면 본론으로 들어가도 될까, 잘생긴 꼬마야?"

요안은 아이들을 앞에 둔 채, 가느다란 손가락으로 데스크의 서랍을 당겨 열었다. 그 안에서 견과류와 육포를 꺼내 접시에 덜고서는, 조금씩 집어 먹으면서 핀과 메아에게 질문을 던졌다.

"이곳은 월인들의 고대 유적을 연구하는 비밀 연구소야. 성산중공에서도 극소수만 이곳에 올 수 있지. 알고 있었니?"

"아니요."

"좋아. 나한테서 도망친 다음에 또 어쩌다가 이곳으로 오게 되었어? 누가 화관에 대해 알려주기라도 한 거니? 그 사람은 누구야?"

"그런 사람도 없어요."

앙리가 다친 곳이 없는지 긴급히 살펴주기는 했지만, 메아는 아직 감전당한 충격으로 자리에 서지 못했다. 핀은 어떻게 해야 메아와 함께 이 기분 나쁜 남자로부터 벗어날 수 있을지 고민했다. 하지만 답은 떠오르지 않았다.

"네가 핀이랬지? 네 생활보조드론이 이 비밀 연구소의 패스워드를 알고 있는 이유는… 역시 너희 어머니가 입력해놓으셨기 때문이야?"

"그걸… 어떻게 알았어요?"

요안은 핀에게 활짝 웃어 보였다. 드디어 대화의 물꼬를 텄다는 사실이 반가웠기 때문이다.

"나는 너희 엄마가 광산에서 관리자로 일했을 때의 상사야. 상사가 뭔지는 알지? 윗사람이었다는 말이야. 너희 엄마는, 글쎄다. 내가 제일 좋아하는 부하는 아니었어. 숫자로 세상을 이해하는 법을 몰랐거든. 일하는 방식이 조금 어른스럽지 못했지…."

"숫자로 세상을 이해하는 법을 모르다니요?"

"너, 덧셈 뺄셈은 할 줄 아니? 숫자로 세상을 이해한다는 것은 덧셈 뺄셈을 할 줄 안다는 뜻이야. 이득이 되는 것은 더하고 손해를 보는 것은 빼가면서 살아야 한다는 거지."

요안이 탄광 개발 관리자에서 월인 연구소의 소장으로 벼락출세하게 된 이유는 단순하고도 명확했다. 우선 그가 지휘하던 광부들이 월인들의 고대 유적을 발견했다는 공로를 크게 인정받았다. 그리고 요안이 사고를 위장해서 고대 유적을 목격한 광부들을 말 그대로 땅에 묻어버린 것에 대한 입막음을 하기 위해서였다.

월인의 공조로 달 개발에 성공할 수 있었던 성산중공은 고대 유적을 발견함으로써 더 이상 개발 이익을 월인과 나누지 않고 독점할 수 있게 되었다. 요안은 그 기회를 놓치지 않고 성산중공에 갖다 바친, 충신 중 충신이었다.

물론 그의 승진가도가 탄탄대로였던 것은 아니다. 특히 핀의 어머니는 요안이 일을 하려고 할 때마다 훼방을 놓고는 했다. 유적을 목격했다는 이유만으로 광부들을 산 채로 매장할 수는 없다면서 끝까지 아득바득 대들어올 때 느꼈던 짜증이 아직까지도 생생했다.

결국 요안은 눈물을 머금고서, 가족처럼 아끼고 사랑했던 부하인 핀의 어머니 또한 광부들과 마찬가지로 43구역 탄광 매몰사고의 피해자로 위장해서 처리해야만 했다. 이는 그에게도 가슴 아린 추억 중 하나였다.

요안은 자신의 추억담을 핀에게도 들려주었다. 그리고 그가 내린 결정이 얼마나 힘든 것이었는지, 그 의미는 얼마나 크고 중요한 것이었는지 핀이 인정해주기를 기대했다. 하지만 예상과는 다르게, 핀은 요안에게 화를 냈다.

"숫자로 생각한다는 것은 이런 거란다. 한 곳에서 손해를 보더라도 다른 곳에서 이득을 볼 수 있다면 과감히 선택해야만 하지."

"어떻게… 어떻게 그럴 수 있어요? 아저씨가 우리 엄마를 죽인 거예요?"

"죽였다는 표현은 적절하지 않구나. 약간 불운한 사고가 있었던 것뿐이야."

"약간 불운한 사고라니요? 우리 엄마가, 수백 명의 광부가 매몰되어 죽었어요! 어떻게 그걸 약간 불운한 일이라고 말할 수 있어요?"

핀은 지금 대화하고 있는 상대가 자신과 같은 사람이 맞는지 의심스러웠다. 차라리 생활보조드론인 앙리와 대화할 때가 훨씬 더 말이 잘 통했다. 요안은 자기 입으로 꺼낸 문장들이었음에도 말의 앞뒤가 하나도 맞지 않았다.

"그야 그렇지만… 어쨌든 내가 죽인 것은 아니니까 내 탓으로 몰지는 마."

"아저씨가 엄마와 다른 사람들을 탄광에 가두고서 매몰사고로 위장했다면서요! 그런데 어째서 살인자가 아니라는 거예요?"

"그러면 내가 뭘 어떻게 했어야 하는데?"

"사람을 죽이지 않는 거요!"

핀이 어이가 없어 소리치자, 요안은 두 눈을 동그랗게 뜨고는 핀을 노려보았다. 핀이 꺼낸 이야기가 도무지 믿기지 않는다는 눈빛이었다. 그 눈빛을 보자 핀은 오히려 자신이 뭘 잘못 말한 것인지 헷갈릴 지경이었다.

"꼬마야. 왜 너마저 소리를 치니? 죽인 게 아니라니까. 그냥 문을 닫았을 뿐이야. 나는 그래야만 승진할 수 있었고, 우리 회사도 그래야만 월인들의 고대 유적을 독점 개발할 수 있었어요. 여기서 나온 유물은 기존의 것과 달리 정말로 크고 역사적 의의가 깊은 물건이었거든. 이 물건을 가지면 회사는 큰 수익을 얻어. 그렇다면 회사에서 일하는 사람이라면 어쩔 수 없이 나처럼 행동해야 한다고 아까도 말해줬잖니. 왜 자꾸 했던 이야기를 반복하게 하는 거야?"

"아저씨는 나쁜 사람이에요. 좋은 사람이 아니에요."

핀의 한마디에 요안의 얼굴이 새빨갛게 변했다. 그는 입술을 꽉 깨물고는 자리에서 일어나 핀에게 다가갔다. 그리고 그의 옆에 떠 있던 생활보조드론 앙리를 양손으로 쥐더니 그대로 데스크로 끌고 가 모서리에 내리쳤다. 내리치고, 내리치고, 또 내리쳤다. 앙리의 램프에서 파손을 알리는 경고 신호가 떠도 상관하지 않고 계속해서 내리쳤다.

앙리의 동체에 들어 있던 월장석 엔진과 다른 부품들이 산산조각이 나서 소장실 바닥 곳곳에 흩뿌려졌다. 핀이 달려가 요안에게서 앙리를 구하려고 했지만, 요안은 핀을 걷어차서 벽까지 날려버렸다.

"미안하다. 아이를 때리면 안 되는데. 하지만 네가 그런 식으로 말하니 내 속이 무척 상했단다. 이제 너희들을 감금실로 돌려보내야겠다. 어차피 다른 배후가 있는 것 같지도 않으니, 응, 그래. 다시 예전처럼 실험을 시작해도 괜찮겠지."

"안 돼… 앙리야… 엄마… 메아…."

핀은 앙리의 파편을 껴안고서 눈물을 흘렸다. 이 광산에서 부모님을 잃은 뒤, 앙리는 언제나 가장 가까이에서 핀의 곁을 지켜주었던 소중한 친구였다. 그 소중한 친구를 부모님의 목숨을 앗아간 악당에 의해 잃어버리고 말았다.

요안은 핀이 우는 모습을 보자 또 화가 치밀어 올랐다. 왜 이 아이는 자기가 잘못해서 벌을 받아놓고서는 이렇게 구슬피 울면서 나를 못된 사람으로 몰아가는 걸까? 나야말로 피해자인데 말이야. 안 좋은 기분이 들자 급격히 피곤해졌다.

"T-772와 꼬마. 둘 다 감금실로 가. 너희는 평생 거기서 살 거야."

"아니. 그러지 않을 거야."

어디선가 다 죽어가는 목소리가 들려 왔다. 요안은 그 방향으로 고개를 돌렸다. 메아였다. 감전된 충격에서 벗어나지 못했는지 여전히 바닥에 엎드려 있었다.

메아는 손을 꽉 쥐었다. 그 작은 손에는 방금 요안이 부순 생활보조드론의 월장석 엔진에서 나온 파편들이 쥐여 있었다. 월장석 조각들은 메아의 그림자와 공명하여, 영자력 차단 수갑으로도 막을 수 없을 만큼 거대한 파동을 이끌어냈다.

쾅! 메아는 요안의 얼굴을 향해 그림자를 터뜨렸다. 요안은 소장실의 유리창까지 날아가 등을 세게 부딪혔고, 그만 기절하고 말았다.

메아는 숨을 크게 들이쉰 뒤 수갑을 향해 그림자의 힘을 쏘았다. 월인용 특수 수갑이었지만 월장석의 파편을 들고 있는 덕분인지, 수갑을 부술 정도의 그림자를 낼 수 있었다.

"핀, 손을 내밀어봐."

핀이 손을 내밀자 메아는 간단하게 수갑을 산산조각 내버렸다. 핀은 메아의 손목을 붙잡고 소장실 바깥으로 도망치려 했다. 하지만 메아는 제자리에 서서 핀을 바라볼 뿐이었다.

"메아, 도망치자. 출구를 찾는 거야."

"아니야. 그러지 말자."

메아는 그림자의 힘을 크게 내서 소장실의 창문을 깨트렸다. 핀은 기겁해서 황급히 우주복의 헬멧을 썼다.

메아는 그림자의 힘으로 핀을 들어 올려 창밖으로 던져 보냈다. 지금이라면 핀과 집으로 돌아갈 수 있을 것 같았다. 할머니가 자신을 물탱크에 넣고 달의 등대까지 쏘았을 때처럼.

핀은 메아가 그린 그림자의 궤도를 타고 저 멀리까지 날아갔다. 메아는 안심하고는 핀을 따라 창밖으로 나가려고 했다.

[긴급. 긴급. 건물 외벽의 파손이 감지되었습니다. 방사선 차폐벽이 작동합니다.]

그 순간, 스피커에서 경고 알람이 요란하게 울리기 시작하더니, 차폐벽이 작동하여 건물을 통째로 감싸버렸다.

메아는 놀란 가슴을 진정시키고 다시 그림자의 힘으로 차폐벽을 부숴버리려 했지만, 일은 점점 꼬이기만 했다. 건물이 파손되었을 시 그 안의 직원들이 당황하지 않도록 환풍구를 통해 고농도의 진정제가 살포되도록 되어 있었던 것이다.

메아는 성산중공으로부터 벗어나기 위해 할머니와 했던 술래잡기들을 떠올렸다. 이 놀이에 실패할 때마다 메아와 할머니는 진정제를 맞아 정신을 잃고는 했다. 마치 지금 이 순간처럼.

'안 돼, 핀….'

마음속으로 핀의 얼굴을 그려보려고 했지만, 짙은 약기운은 순식간에 메아를 꿈나라로 보내버렸다.

∞

 핀은 우주복을 입은 채 달의 하늘을 가로질렀다. 메아의 그림자는 무척 강하게 핀을 감싸안고는, 끝을 모를 정도로 멀리 그를 날려 보내고 있었던 것이다.

 핀은 달의 궤도를 돌며 눈물을 흘렸다. 달에서 태어났다는 사실이 이렇게나 슬펐던 적은 없었다. 저중력 공간에서 눈물은 지구에서보다 느리게 흐른다. 그리고 인간의 눈은 이렇게나 오래 눈물을 머금도록 진화하지 않았다. 떨쳐지지 않는 눈물 탓에 세상이 물속에 잠긴 것처럼 보였다.

 핀은 생각했다. 어머니에 대해, 앙리에 대해, 그리고 메아에 대하여. 무력하게 하늘을 날아가며 할 수 있는 것이라고는 우는 것과 생각하는 것, 둘뿐이었다.

미움이 커졌다. 성산중공과 요안은 핀의 인생에서 소중한 것들을 모두 앗아갔다. 핀은 엄마의 품을 아직도 기억한다. 광산에서 기름때와 먼지를 뒤집어쓴 채 퇴근해서는 핀을 꼭 껴안아주고는 했다. 엄마가 더 이상 핀을 포옹하지 못하게 된 이후로는 앙리가 그 빈자리에 있어주었다. 결핍을 완벽히 채워주지는 못했지만 그래도 항상 함께였다.

언제까지고 달의 궤도에 떠 있을 수는 없을 터였다. 우주복의 산소 잔량은 그렇게 많지 않아서 앞으로 10분 정도면 바닥날 것이다. 그 전에 추락하거나 산에 부딪혀서 죽을 가능성도 있었다.

핀은 커다란 관성 속에서 달의 궤도를 돌고 있었기에 날아가는 방향이나 높이를 조절하지도 못했다. 다만 몸의 위치 정도는 바꿀 수 있었다. 핀은 몸을 틀어서 우주 너머를 바라보았다. 어차피 이것으로 끝이라면 마지막으로 보는 것이 은하수가 가득히 빛나는 달의 밤하늘이었으면 했기 때문이다.

그리고 메아. 핀은 메아에 대해 생각했다. 메아와의 만남은 핀이 잃어버린 것을 떠올리게 해주었다. 그리움이 되살아나게 해주었다. 그것은 분명히 슬픈 감정이었지만 동시에 가슴 한구석에 온기를 더해주는 감정이기도 했다.

마지막으로는 걱정만이 남았다. 이제 홀로 남을 할아버지는 어떻게 되실까? 47구역 이웃들이 할아버지를 도와주겠지. 성산중공에 다시 사로잡힌 메아는 어떻게 될까? 내가 없어도 다른 누군가가 메아를 못된 사람들로부터 구해줘야만 하는데. 나머지 월인들은 어디로 갔을까?

상념에 빠진 채 하늘을 날아가던 중, 머리에 무언가 부드러운 것이 와닿았다. 부딪힌 것이 아니었다. 그보다는 섬세하게, 핀이 날아가는 속도보다 아주 살짝 느리게 움직이며 조심스레 그를 받아주려 하고 있었다.

곧 핀의 시야에 커다란 그물망이 들어왔다. 우주쓰레

기 회수용 그물이었다. 비싸거나 내구도가 약한 우주쓰레기를 파손하지 않고 조심스레 회수할 수 있도록 가장자리마다 소형 추진기관을 달아 설계한 특수 그물이었다.

그물은 핀이 다치지 않을 정도로 감속하다 이내 정지했고, 핀은 그물의 탄성에 의해 이제까지와는 반대 방향을 향해서 아주 느린 속도로 떨어지기 시작했다.

[핀! 괜찮으냐? 다치지는 않았고? 왜 연락을 받지 않았던 거냐! 앙리에겐 또 무슨 문제가 생겼기에 신호가 다 두절된 거냐?]

우주복 안의 스피커에서 친숙한 목소리가 들렸다. 할아버지 토티스였다. 그는 47구역에서 일어난 소동극에 손주가 얽혔다는 사실을 듣고 가용한 모든 감시망을 다 발동한 채 등대를 지키던 중 핀을 발견했다. 핀이 뒤를 돌아보니 저 멀리서 할아버지가 보트를 타고서 이쪽을 향해 달려오고 있었다. 메아가 혼신의 힘을 다해서 핀을 달의 등대까지 보내준 것이다.

할아버지는 곧 달의 바다에 쓰러져 있는 핀을 들쳐 업고 보트 안쪽에 데려가 눕혔다. 핀은 할아버지의 품에 안겨서 울었다. 아주 오래오래 울었다.

∞

　요안은 대형 화물선의 함교에 홀로 앉아서 달의 바다 너머에 빛나고 있는 별들을 바라보았다. 방금 있었던 충돌로 타박상을 입었지만, 진통제를 몇 알 삼키고 나니 조금 마음이 진정되었다. 뽑힌 콧수염에 대한 그리움은 사라지지 않았지만 말이다.

　함교에는 요안과 월인 소녀 T-772, 단둘뿐이었다. 기밀유지를 위해 배에는 최소 인원만 승선했고, 나머지 사람들은 창고에서 선적이 잘되었는지 확인하고 있었다. 어차피 고대 유적 연구소에서 반드시 선적해야 하는 중요 물품이라면 하나뿐이었다.

　예정보다 일찍 유물을 옮기게 되었지만 이 정도면 그

럭저럭 일이 잘 풀린 편이었다. 이 유물은 지구에 알려지면 안 될 물건이다. 억지로 지구와의 통신을 막아놓았지만, 이는 언제까지 가능할지 장담할 수 없는 곡예와도 같았다. 서둘러서 손해 볼 일은 아니었다.

요안은 입을 꾹 다문 채 자신을 노려보는 메아에게 양손을 펼친 채 천천히 다가갔다. 야생 짐승들에게 위협하지 않겠다는 뜻을 전하기 위한 자세였다. 지구의 숲에서 생활하는 사람들을 다룬 다큐멘터리에서 배운 것이다. 저 실험 대상에게는 이미 영자력 차단 수갑을 두 개나 달아놓았지만, 그래도 굳이 자극하고 싶지도 않았다.

"T-772. 아까는 제법 놀라웠어. 영자력이 엄청나게 강해졌더구나. 측정기의 분석 결과에 따르면 1700만 제노 이상의 파동이 나왔어."

요안이 긴급히 고대 유적 연구소의 물품들을 챙겨 월면도시로 가기로 결정한 것은 바로 그 때문이었다. 1분 1초라도 빠르게 T-772를 해부해서, T-771의 기록보다 열 배는 훌쩍 뛰어넘는 출력을 낸 그 심장을 연구하고 싶었던 것이다.

메아는 여전히 입을 열지 않고 요안을 무시했다. 이렇게 저열한 인간과는 한마디도 나누고 싶지 않았다.

"월장석 파편을 손에 쥐고 있었기 때문일까? 그래, 그것도 어느 정도는 영향을 주었겠지. 하지만 월장석 파편으로 인한 영자력 상승은 어디까지나 덧셈을 하는 수준이야. 하지만 그 순간 네가 보여준 힘은 덧셈을 넘어서곱셈, 아니, 제곱 그 이상의 상승이었어."

메아는 아무 대꾸도 하지 않았지만, 요안은 혼자 신이나 마구잡이로 자신의 가설을 떠들어댔다. 애초에 그가원한 것은 실험 대상의 대답이 아니었다.

"T-771보다 젊기 때문일까? 아니면 분노로 인해서? 선천적인 재능? 이런저런 이유가 복합적으로 작용했겠지. 가설이라면 지금 당장에도 열 개고 스무 개고 떠올라. 하지만 너무 고민할 필요도 없을 거야. 우리는 곧 그리운 연구소로 돌아갈 거고 그곳에서 네 심장을 꺼내서알아볼 수 있을 테니까. 어때? 너도 기대되지 않아? 너희 일족의 비밀이 곧 밝혀질 거야! 서류에는 아주 흥미로운 숫자가 적히겠지.”

요안은 화사하게 미소 지으면서 메아의 뺨을 쓰다듬었다. 요안에게 눈앞의 실험체는 너무나도 소중한 존재였다. 꿈같은 미래를 약속하는, 교환 직전의 당첨 복권이나 다름없었다. 그리고 그 이상으로 요안은 스스로 어린아이를 좋아한다고 진심으로 믿었으며, 아이들에게 친절한 어른이라 여겨지고 싶어 했다.

“너무 겁먹지 않아도 돼. 나는 좋은 사람이야. 사람들은 나를 좋아하고 나도 그들을 좋아해. 너도 그렇게 될 거야.”

메아는 화가 났다. 하지만 이 감정이 무엇인지 온전히 이해하지는 못했다. 메아는 어린 시절부터 사람들과 깊이 있는 교류를 하지 못했다. 메아를 사람으로 대하고 사랑해준 사람은 할머니와 핀뿐이었는데, 이 둘은 메아를 두고서 요안처럼 자기 본위에 아전인수로 생각하고 행동한 적이 한 번도 없었다.

"역시 모두 인류를 위한 일이란다. 저기를 보렴. 달의 바다 너머에 무수히 많은 별이 빛나고 있어. 아름답지 않니? 월인의 힘을 해석하는 데만 성공하면, 우리 인류는 달의 바다, 나아가 우주의 바다까지도 건너 저 별들까지 인류의 영토로 삼을 수 있게 될 거야. 우리가 그 역사적인 순간에 함께 있다는 사실이… 정말… 정말로 감탄스럽지 않니?"

요안은 이제 감동하여 눈물까지 글썽이고 있었다. 그는 메아가 이해하기에는 너무나도 뒤틀린 괴물이었다. 메아는 방금까지는 경멸로 입을 다물었지만 이제는 어이가 없어서 입을 열 수가 없었다.

요안은 스크린을 조작해서 함교 안에 웅장한 오케스트라 연주가 울려 퍼지도록 했다. 그러고는 양손을 허우적거리면서 지휘자의 마음으로 음을 하나하나 느꼈다. 요안에게 이 음악은 비우주시대의 교양이었지만, 메아에게는 그저 갑자기 들려 온 시끄러운 소리였을 뿐이었다.

메아는 눈을 감고서 마음의 그림자 안에 들어가서 핀의 목소리를 찾으려고 했다. 영자력 차단 수갑이 메아가 어둠 속으로 침잠하는 것을 가로막았지만, 계속해서 마음 안으로 뛰어들었다. 핀! 들려? 보고 싶어. 만나고 싶어. 대답해줘, 핀.

[메아! 기다려!]

메아는 오케스트라의 연주를 뚫고 갑자기 들려 온 핀의 목소리에 깜짝 놀랐다. 마침내 그림자 안에 들어오는 데 성공한 걸까? 하지만 메아는 여전히 그림자 바깥에 있었다.

메아는 감았던 눈을 떠 주변을 둘러보려고 했다. 하지만 함교 안은 너무나도 눈부셔서 아무것도 보이지 않았다. 메아는 한참 눈을 찡그린 뒤에야 창밖 광경을 바라볼 수 있었다. 그곳에는 무수한 불빛이 강렬하게 반짝이고 있었다. 그 불빛은 은하수의 별빛이 아니었다.

"이게 무슨 일이야?"

[핀, 이 녀석! 마이크를 멋대로 가져가면 어떡하냐!]

요안도 오케스트라 연주를 뚫고 들려 오는 노인의 목소리에 놀라기는 매한가지였다. 무슨 일인지 살펴보니 긴급통신이 작동해서 다른 배 함교의 선원들이 강제로 연락망을 열어버린 것이었다.

메아는 뒤늦게나마 무수한 불빛에 눈이 익숙해져 상황을 파악할 수 있었다. 이는 모두 47구역과 그 인근을 항해하던 무수한 우주선이 등대지기의 부름을 받고 달의 바다에서 길을 잃은 미아를 찾기 위해 밝힌 불빛이었다.

[메아! 내가 너를 만나러 왔어!]

∞

요안은 넋을 잃고서 성산중공의 화물선을 포위하듯 몰려오는 배들을 바라보았다. 화물선에서 여객선, 개인 보트까지, 온갖 종류의 우주선들이 고래 주변을 맴도는 물고기들처럼 다가오고 있었다.

토티스의 손자 핀이 실종되었다는 소식은 곧바로 달의 뱃사람들에게 전달되었다. 모두의 조카나 다름없는 어린아이가 우주복 하나만 입은 채로 구조되었다는 소식도. 아이가 폐광에 몰래 세워진 성산중공의 비밀 연구소에 갇혀 있다가 겨우 탈출했으며 부모를 잃게 된 비극 또한 성산중공의 음모로 벌어진 의도적인 참사였다는 사실도 함께 전해졌다.

핀의 할아버지 토티스는 달에서 가장 경력이 오래된 등대지기였다. 달의 바다를 항해하는 뱃사람이라면 누구나 한 번쯤은 토티스를 만나 그의 도움을 받았다. 덕분에 토티스가 사람을 모은다고 연락을 돌리자마자 화물선 운전수부터 상단 선장에 해적선의 양아치까지, 온갖 인물들이 메아의 구출 작전에 자원했던 것이다. 이 대대적인 자원에는 성산중공과 월면도시에 대한 뱃사람들 특유의 적개심 또한 한몫했다.

[핀, 이 녀석! 뒤로 가지 못해? 아, 아. 실례합니다. 들리십니까? 우리는 실종자를 구조하기 위해 47구역 등대에 의해 모집된 수색대입니다. 거, 당신네 배에 어린아이가 숨어 들어갔다는 제보도 있었는데. 수색대의 승선을 위해 잠시 정선하신 뒤 수색에 협조해주십시오.]

토티스는 최대한 사무적으로 들리도록 단어를 골랐지만 월면도시에서 태어난 요안에게는 일방적인 위협처럼 들렸다.

"무… 무슨 근거로 수색을 요구하는 겁니까? 이 배가

어느 기업의 화물선인지는 알고 있습니까? 나 바쁜 사람입니다. 승선은 거절합니다!"

[그러면 도시연합의 월면항해규약 3조 9항에 의거, 강제력을 동원하겠습니다. 얘들아. 연장 챙겨라. 핀, 너는 들어가 있거라.]

토티스가 언급한 도시연합 월면항해규약 3조 9항은 보호자의 동행 혹은 관찰이 진행되지 않는 미성년자의 우주선 탑승은 관할 등대에 신고 없이는 불가하다는 내용이다. 이 조항을 어긴 우주선이 있을 경우, 등대지기는 공식적으로 수색대를 모집해서 근해의 배를 조사할 수 있는 권한을 가진다. 법령을 관대하게 해석하기는 했지만 절차상의 문제는 전혀 없었다.

하지만 요안은 처음 들어보는 단어들의 조합에 당황해 어쩔 줄 몰라 연락망을 끊고는 함내 통신을 이용해서 비서를 불러들였다.

'어차피 내 배가 저 배들을 다 모은 것보다도 훨씬 더 크잖아? 그렇다면 그냥 무시하고 직진해서 진영을 돌파

하기만 하면 돼!'

요안은 스크린을 살펴본 뒤 가속 버튼을 찾았다. 속도를 최대로 설정한 뒤 직진을 명령했다. 힘으로 밀고 가기로 결정한 것이다. 곧 월장석 엔진이 기동하면서 출력을 끌어올렸다. 하지만 일은 그리 쉽게 풀리지 않았다.

쿵! 쿵! 쿵! 온갖 방향에서 무언가가 충돌해 배를 진동시켰다. 요안은 갑작스러운 흔들림에 그만 뒤로 넘어지고 말았지만 이내 다시 일어나서 스크린에 화물선의 측면 카메라가 송출하는 영상을 전부 띄웠다.

배의 외부에 큼지막한 작살들이 박혀 있었다. 토티스가 소집한 자경단에서 발사한 것들이었다. 달은 지구에 비해 중력이 약한 데다 대기권도 존재하지 않는다. 지구의 바다에서라면 기관총과 어뢰를 무기로 삼을 것이나, 달의 바다에서는 만약 빗나갈 경우 먼 곳의 배나 도시에 의도치 않은 피해를 줄 위험이 커서 사용이 금지되었다.

하지만 달의 바다에서도 규율을 어기거나 탈선한 배를 무력 진압할 필요는 있다. 그래서 개발된 것이 이 작살이었다. 빠르게 날아가 상대방의 배에 충격을 줄 수 있는 동시에 회수하고 분리하기도 편리했기 때문이었다.

[권고에도 불구하고 정선하지 않으셨기에 강제적으로 돌입하도록 하겠습니다. 에, 그러니까… 함교에 계신 책임자는 수색대와 마주할 때까지 자리를 지키시고, 두 손을 들고 무저항 의사를 밝히십시오.]

"소장님! 무사하십니까?"

"…어쩌지요?"

비서가 숨을 헐떡이며 함교의 문을 열고 들어왔다. 창고에서 여기까지 전속력으로 달려온 모양이었다. 요안은 어떻게 해야 할지 모르겠다는 눈빛으로 그를 바라보았다.

"네? 무슨 말씀이십니까? 당연히 정선하고 수색대를 들여야 합니다. 등대에서 내려온 정식 명령이니까요. 불응할 시에는 도시연합에서 징계가 있을 겁니다. 너무 염려하지 마십시오. T-772는 수용실에 숨겨놓겠습니다."

"아니… 그 정도로는 안 돼요."

한계까지 가득 찬 잔은 단 한 방울만 더해져도 모든 것을 쏟아낼 수 있다. 비서의 가르치는 듯한 말투는 요 며칠 사이 스트레스로 잔뜩 부하된 요안의 이성을 무너뜨리는 한 방울이 되었다. 실험 대상의 탈주와 빈민가에서의 린치, 인질의 도피로도 모자라 자경단과의 충돌까지, 요안의 인내심은 바닥에 다다른 지 오래였다.

요안은 함내 제어용 스크린을 열고 공간 관리 탭을 열었다. 그러고는 맨 끝에 놓인 버튼을 짓이기듯 눌렀다. 그의 손가락이 허공을 가르며 버튼을 누르는 동작을 몇 번이고 반복했다. 스크린은 이미 접수된 명령을 기계적으로 이행했다.

"소장님, 도대체 무슨 버튼을 누르신 겁니까?"

"화물칸을 개방했어요."

"네? 방금… 뭐라고 하셨나요?"

비서는 경악한 채 요안의 낯빛을 살폈다. 아무래도 농담하는 것 같지는 않았다. 요안은 웃고 있었다. 온몸에

식은땀을 흘리며 눈썹마저 부들부들 떨리고 있었다. 고통스럽다는 듯 얼굴을 찡그리고 있었지만 입가는 웃고 있었다. 방금 전 학살은 숫자로 생각하는 요안에게는 원칙과 합리를 따진 필연적인 선택이었다. 작은 손해로 큰 이득을 지켰으니까.

쿠룽. 쿠르르룽. 멀리서 거대한 철문이 열리는 소리가 들려 온다. 비서는 스크린을 열어 CCTV 감시 영상을 재생했다. 화물칸의 출입구가 열리고 있었다. 그곳에서 짐을 살피던 부하들은 무방비한 상태로 달의 바다에 내동댕이쳐지고 있었다.

"버팁시다. 우리가 이곳에서 응전하는 겁니다."

"소장님….'

"당신은 T-772를 데리고 수용실로 가요. T-772와 화물칸의 그것만큼은 빼앗겨선 안 됩니다. 당신 말대로 저들을 승선시킨다면 T-772는 어찌어찌 숨긴다 해도 저 보물은 도시연합에 몰수될 수밖에 없습니다. 그런 상황은 막아야만 합니다!"

비서는 요안이 창고에 있던 선원들을 바다에 던져버렸다는 충격에 얼이 빠진 상태였다. 결국 그는 T-772 메아를 둘러메고서 수용실을 향해 달리기 시작했다. 얼마 지나지 않아 요안이 말한 '그것'이 달의 바다에 투하되며, 저 멀리서부터 생긴 진동이 배를 뒤흔드는 것이 느껴졌다.

∞

처음에 토티스는 성산중공 화물선의 하부가 분리되었다고 생각했다. 어지간한 바보가 아니라면, 달에서 항해하던 중 창고에서 화물을 바깥으로 던져버리지는 않을 것이기 때문이다.

성산중공 화물선의 창고에서 나온 무언가는 아주 느린 속도로 달의 바다를 향해 떨어졌다. 그것은 곳곳에 날카로운 가시가 돋친 구 형태의 물건으로, 마치 가시덩굴이 회전초처럼 말려든 모양새였다. 단지 그 크기가 5층짜리 건물에 육박했을 뿐.

그것은 천천히 가시덩굴을 풀기 시작했다. 그러고는 채찍처럼 자신의 줄기를 휘둘렀다. 이는 무척이나 원시적인 공격이었지만, 거대한 크기와 이에 비례하는 질량으로 인해 성산중공의 배를 포위하고 있는 선단에 큰 타격을 입힐 수 있었다.

오직 단 한 사람, 핀만이 그 가시덩굴의 정체를 눈치챘다. 저 가시덩굴은 그림자의 세계에 들어갔을 때 메아가 보여주었던, 월인들의 문명을 무너뜨린 고대 병기였다.

"할아버지, 저건 위험해요! 달의 유적에 숨겨졌던 괴물이에요!"

[다들 흩어져! 뭔지 모를 저것이 곧 공격한다!]

토티스는 근처에서 몰려든 배들에게 긴급통신했다. 다른 사람들도 뒤늦게나마 눈앞의 거대한 가시덩굴이 자신의 배를 덮치지 못하도록 도망치려고 했다. 하지만 대부분은 성산중공의 화물선에 꽂힌 작살을 선체와 분리하느라 즉시 선회할 수 없는 상태였다.

커다란 구체는 여러 줄기를 꺼내고는 무용수가 옷깃을 흔드는 것처럼 휘두르기 시작했다. 토티스가 소집한 자경단은 모두 한가락 하는 뱃사람들이었지만, 상상하지 못했던 속도로 채찍처럼 감겨 오는 거대한 가시 덩굴의 공격에는 속수무책이었다.

"할아버지, 조심하세요!"

"음!"

토티스 역시 이 상황에 어찌 대응해야 할지 떠올리지 못했다. 선단의 진영을 해체하고 그저 후퇴하라 명령한다 해도, 구체의 가시 덩굴이 이만큼이나 빠르게 움직인다면 도망치기도 어려울 터였다.

하지만 고민도 잠시, 가시 덩굴이 토티스와 핀이 승선한 우주선을 휘감았다. 엄청난 진동이 두 사람을 덮쳤다. 마치 어린아이의 손에 붙잡힌 개미처럼 토티스와 핀은 함교 안을 구르며 온갖 곳에 부딪혔다.

"탈출용 포드로 가! 어서 도망쳐라!"

∞

비서는 겁에 질린 채 수용실에 숨어 있었다. 지금 이 순간, 그를 겁주는 것이 너무나도 많았다. 그는 우선 자신이 탄 화물선을 쫓고 있는 자경단원들이 무서웠다. 그들은 도시연합의 월면항해규약에 의거한 공식적인 절차를 통해 추적해 오고 있었다. 이렇게 저항했다는 사실이 도시연합에 알려지면 연루된 사람들은 전원 징계를 넘어, 법적 처분까지 받게 될 터였다. 최악의 경우 달에서 추방될 수도 있다.

다음으로는 요안이 무서웠다. 방금 그의 상사는 화물칸에서 일하고 있던 부하들을 달의 바다로 내팽개쳐버렸다. 항상 다정한 말투로 말하고 다른 사람들을 배려하며 먹을 것을 나누어주던 모습과는 딴판인 태도였다. 더욱이 그는 고대의 전쟁 병기를 달의 표면에 풀어버리기까지 했다.

화물선으로 운반하고 있던 유물은 폐광에 위치한 고대유적에서 발굴한 것 중 가장 큰 물건이었다. 연구자들은 그것의 날카로운 가시와 탄력 있는 줄기를 보고 '화관'이라고 이름 붙이며, 달의 공간에 특화된 형태로 제작한 전쟁 병기일 가능성이 높다고 진단했다. 월인들이 동족을 해치기 위해 만든 물건일 것이라고 추측되었다.

달의 역사에는 빈 부분이 있다. 월인들은 달에서 지구의 생태계를 가꿔나가다가 지구로 내려와 살게 되었다. 성산중공은 그들이 그렇게 비효율적인 선택을 해야만 했던 이유를 아직까지 밝혀내지 못했다. 월인 연구소의 학자들은 고대 유적에서 발견된 화관이 그 원인이리라 짐작하고 있었다. 비서는 고대 문명을 지워버린 이 병기가 풀려난 현실 또한 무서웠다.

하지만 가장 무서운 것은 자신과 같이 수용실에 숨어

있는 T-772였다. 비록 영자력 차단 수갑으로 구속된 상태라고는 하나, 그 힘이 개방되면 이 월인 소녀는 화물선의 외벽 정도는 간단하게 뜯어낼 수 있을 것이다. 반면 비서에게 주어진 무기는 자그마한 전기충격기 하나가 전부였다.

지금 T-772는 바닥으로부터 10센티미터 정도 위 허공에 떠 있었다. 하얀 머리칼에서는 옅은 빛이 뿜어져 나왔으며, 의식을 잃은 상태로 뭐라고 중얼거리고 있었다. 어딜 봐도 전기충격기 하나로 해결할 수 있는 상황은 아닌 것 같았다.

비서는 말을 걸고 어깨를 밀어 아이를 깨워보려고 했으나, T-772는 몽환 속에 빠져서 헤어 나오지 못하고 있었다. 그는 눈앞의 현실을 견딜 수가 없었다. 두려운 것들이 너무나도 많았다.

"맞아… 여기야… 조금 더 위…."

"뭐라는 거야! T-772! 정신 차려. 왜 이래, 도대체!"

"와줘…."

비서는 이제 다 포기하고 싶었다. 자경대에게 쫓기는 것도 싫었고, 부하 직원들을 학살하고서도 눈 하나 깜짝하지 않는 상사도 싫었다. 그 위험성을 가늠할 수조차 없는 고대 병기와 월인 실험체는 더더욱 싫었다. 옆에 있다간 제명에 죽지 못할 것 같았다. 그는 결국 수용실 문을 열고 밖으로 도망치기로 했다.

하지만 비서를 다치게 한 것은 자경대와 상사, 고대 병기, 월인 중 무엇도 아니었다. 비서가 문을 나서려고 한 순간 쾅, 하고 거대한 소음과 함께 탈출용 포드가 배의 바깥에서 충돌해 왔다. 비서는 10미터도 넘게 날아가며 큰 부상을 입었다.

"핀!"

"메아!"

탈출용 포드의 문이 열렸다. 그 안에는 핀이 있었다. 핀은 배가 부서지기 직전, 할아버지와 함께 탈출용 포드에 올라타는 데 성공했다. 그리고 포드를 탈출이 아니라 메아의 구출을 위해 쓰기로 결정했다.

메아가 성산중공 화물선의 어디에 있는지 모른다는 것이 문제였지만, 메아가 그림자로 안내해주었기에 어렵지 않게 방향을 잡을 수 있었다.

핀이 포드 바깥으로 달려 나와 텐타에게 받은 만능열쇠로 수갑을 풀어주자, 메아는 핀을 꼭 껴안았다. 이미 그림자 세계 속에서 핀이 이곳으로 올 수 있게 안내하고 있었지만(그 모습이 비서에게는 트랜스 상태에 빠진 어린아이가 횡설수설하는 것처럼 보였던 것이다.) 실제 세계에서 보니 그렇게 반가울 수가 없었다.

"메아야, 이제 나가자! 할아버지와 다른 사람들도 탈출용 포드를 타고 47구역으로 가고 있어. 아직 탈출하지 못한 사람들도 있지만, 그 사람들도 곧 그렇게 할 거야."

핀은 메아의 손을 붙잡고 이끌려 했다. 하지만 메아는 힘을 주어 손을 쥔 모양새를 고쳐 잡았다. 핀이 메아를 이끄는 것이 아니라, 두 사람이 서로 손을 맞잡는 모양으로. 그러고는 고개를 저은 뒤 핀의 이마에 자신의 이마를 맞댔다.

"아니. 이제는 도망치지 않을래."

핀은 메아의 눈동자를 보았다. 그 눈동자는 어떠한 흔들림이나 걱정도 없이 단호하게 빛나고 있었다. 핀은 고개를 끄덕였다. 메아가 그렇게 하겠다고 결정했으면 그래야만 하는 이유가 있을 테니까.

"귀."

"응."

핀이 허리를 숙여 귀 기울이자, 메아는 아주 작은 목소리로 이후 작전에 대해 설명해주었다.

∞

요안은 함교의 창 너머로 고대 병기 화관이 주변을 포위했던 함선들을 격침시키는 모습을 보며 쾌락에 젖었다. 그래. 이거야! 바로 이게 내가 원했던 거라고!

갑자기 숨 쉬기가 답답해져 그는 앞섬을 풀어헤쳤다. 드러난 가슴은 사람의 것이 아니었다. 요안은 가슴의 살갗을 벗겨내고 갈비뼈를 들어낸 뒤, 투명 실리콘 케이스를 이식하는 시술을 받은 상태였다.

이 케이스 안에 요안이 간절히 원했던 것이 들어 있었다. T-771의 시체로부터 적출해낸 월인의 심장. 그것은 이제 요안의 안에 이식되었다. 이 심장을 손에 넣은 덕분에 아니, 가슴에 담은 덕분에 그는 미약하나마 영자력을 사용할 수 있게 되었다.

비록 노인의 심장으로 장기를 교체한지라 보조 근육을 증설해야 했고, 부작용이 일어날 경우 다시 새로운 심장을 이식하기 편하도록 흉부를 실리콘 케이스로 대체해야 했지만, 요안이 보기에 이 정도면 충분히 남는 장사였다. 영자력은 화관을 조종할 수 있을 정도로만 쓰면 되니까.

"그래, 날뛰어라, 날뛰어!"

요안은 홀로 남은 함교에서 누구에게도 들리지 않을 환호성을 질렀다. 화관은 그의 명령에 따라 자유자재로 움직이며 시야에 들어오는 함선들을 하나하나 파괴했다. 함선들은 화관이 휘두르는 가시덩굴에 무력하게 찢겨 나갈 뿐, 어떠한 저항도 하지 못했다.

앞으로 어떻게 하면 좋을까? 요안의 사고는 이제 다음 단계로 나아갔다. 자경단을 궤멸시킨 것은 뭐라고 변명하지? 좋아. 고대 유물을 수송하던 중 일어난 불의의 사고라고 하자. 하층민 몇 명 죽었을 뿐이니 위로금 몇

푼 쥐여주면 될 거다. 잘 홍보하면 오히려 기업 이미지를 제고하는 기회가 될 수도 있다. 예산이야 걱정할 것 없어. 어차피 이 화관을 연구해서 고대 기술을 해명하면 떼돈을 벌 텐데, 푼돈을 아까워할 필요는 없지.

하지만 자신만만하던 것도 잠시, 또다시 가슴이 조이면서 숨이 막혀 왔다. 월인의 능력을 과도하게 사용한 나머지 이식한 심장에 급격하게 부하가 걸린 것이었다. 요안으로서는 다행스럽게도 자경단원들의 배는 대부분 도주하거나 격추되어 달의 바다로 떨어진 상황이었다.

"좋아…. 마지막으로 저것들만 치우면 돼."

요안은 달의 바다에 쓰러져 있는 생존자들을 바라보았다. 달의 바다에는 배가 파손될 때 땅으로 추락했거나 탈출용 포드가 작동하지 않는 바람에 월면에 불시착한 자경단원들이 남아 있었다.

'이미 도망친 놈들이야 화관이 무엇인지 짐작조차 못 했겠지. 하지만 이대로 있으면 지금 살아남은 놈들은 성산중공에서 뒤처리하는 과정을 다 목격하게 될 거야. 그

래선 안 돼. 화관이 화물칸에서 떨어져 나온 것은 어디까지나 사고로 인한 것이라 여겨져야 해.'

요안은 심장을 쓸어내리면서 다시 한 번 화관을 조종했다. 이제 화관의 가시덩굴은 마치 두족류의 촉수처럼 유연하면서도 복잡하게 움직이고 있었다. 방금 싸움으로 요안이 화관을 조종하는 데 익숙해진 덕분이었다.

그는 마지막 일격을 내려치기 직전, 마음속으로 자신의 사냥감들에게 감사 인사를 전했다. 그들이 아니었다면 자신은 이런 경지까지 오르지 못했을 것이다. 물론 그들은 자신을 죽이려고 하는 살인자의 감사 따위는 별 관심 없었다. 그들에게 필요한 것은 살아남을 퇴로뿐이었다.

요안은 주먹으로 흉부를 몇 번 두드렸다. 심장이 잘 뛸 수 있게 압박하기 위해서였다. 화관은 덩굴로 이루어진 몸을 빙글빙글 돌리며 가속했다. 이 회전력이 화관의 가시덩굴에 보다 큰 파괴력을 실어줄 것만 같았다. 요안은 모터처럼 돌아가는 화관에서 가시덩굴을 한 가닥 세웠다. 그러고는 이제까지 회전하면서 쏠린 무게를 가시덩굴의 맨 끝에 담아 거센 속도로 자경단의 생존자들을 향해 내리쳤다.

"하, 하하! 이제 다 끝났… 아니?"

함교 너머에서는 요안이 상상하지 못했던 일이 일어나고 있었다. T-772가 맨몸으로 우주공간을 유영하고 있었다. 화관은 그 거체보다 수십 배는 더 작은 월인 소녀가 방출하는 영자력에 의해 가시덩굴 한 줄기조차 꼼짝하지 못했고, 달의 바다에 추락했던 생존자들은 모두 놀란 눈으로 자신을 구해준 아이를 바라보고 있었다.

∞

모든 것이 쉬웠다. 달의 하늘을 날아다니는 일도 화관의 가시덩굴을 붙잡는 일도 숨조차 쉬지 않고서 마음대로 할 수 있었다.

핀이 이야기해주었던 바다도 메아의 가슴 안에 다 담을 수 있을 것만 같았다. 어느새인가 메아는 몸 안, 심장에서 힘이 넘쳐흐르는 것을 느꼈다.

화관은 집요하게 가시덩굴을 뻗어 메아를 붙잡으려고 했다. 건물만 한 화관이 커다란 기둥 같은 가시덩굴을 휘두르고 있었지만 메아는 전혀 겁나지 않았다. 도리어 장난치듯 아슬아슬하게 가시덩굴 가까이에 붙었다가 피하기도 했다.

그러다 가시덩굴에 부딪히기도 했지만 뾰족하게 날 선 화관의 가시 정도는 메아에게 아무것도 아니었다. 메아를 감싸고 있는, 격류와도 같은 영자력이 외부에서 온 충격을 모두 흡수해서 자신의 것으로 삼았기 때문이다.

'핀, 들려? 나 지금 헤엄치고 있어!'

메아는 핀이 이야기해주었던 바다를 생각했다. 메아는 지금 달의 바다에 마음속의 바다를 담아 그 안에서 헤엄치고 있었다. 그림자의 힘을 바다로 바꾼 것이다. 이 바다 안에서는 뭐든지 할 수 있을 것만 같았다.

화관의 가시덩굴은 메아의 손이 닿을 때마다 하나씩 무력해졌다. 화관 안에 담겨 있는 월장석 엔진이 메아가 내뿜는 영자력에 본능적으로 복종하는 것이었다. 메아는 자유자재로 날아다니면서 화관을 풀어헤쳤다. 커다란 고대 병기의 덩굴을 하나하나 풀어서 달의 바다에 던져버리는 그 모습은, 마치 꽃다발을 한 송이씩 풀어서 바닥에 내려놓는 것만 같았다.

무수하게 많았던 화관의 가시덩굴도 메아가 다루는

영자력의 범위 안에 들어가니 순식간에 대여섯 줄기만 남고 다 뜯겨 나가고 말았다. 방금까지 두터운 덩굴에 가로막혀 보이지 않았던 화관의 핵이 적나라하게 외부에 노출되었다.

메아는 이제 핀을 생각했다. 핀을 만나러 가고 싶었다.

∞

요안은 함교에 주저앉아 T-772가 화관을 영자력으로 해체하는 모습을 지켜보았다. 화관의 가시덩굴이 뜯겨 나갈 때마다 그의 야망도 꺾이는 기분이었다. 그를 가장 좌절시킨 것은 T-772가 보여주는 영자력의 출력이었다. 저렇게 강력한 영자력이 내 손아귀에 있었는데, 이렇게 허무하게 놓쳐버리고 말았단 말인가? 바로 내 눈앞에서?

요안은 가슴의 실리콘 케이스에 손을 얹었다. 그는 이 안에 든 심장이 T-771이 아니라 T-772의 것이기를 간절히 원했다. 욕심은 스스로를 먹고 자랄 뿐, 결코 자의로 줄어들지 않는다. 지금은 다만 그 욕심을 충족시킬 방법을 모를 뿐이다.

성산중공이 아무리 월면도시와 도시연합 사이에서 위세가 등등하더라도 일이 이렇게 흘러간다면 요안을 지켜주지 않을 것이 분명했다. 막대한 자본을 들여 진행했던 월인 실험은 탈주극으로 막을 내렸고, 광산 하나를 무너뜨리고 인부들을 생매장까지 하면서 얻은 고대 유적은 산산조각이 났다. 이제 요안의 손에는 단 한 장의 카드도 남지 않았다. 그리고 그의 몰락은 아직 끝난 것도 아니었다.

"양손을 들고 천천히 뒤로 돌아요."

요안은 유리창에 반사되는 상을 통해 핀이 함교의 문 앞에 서서 자신에게 전기충격기를 겨누고 있음을 확인했다. 아마 비서에게 빼앗은 거겠지. 요안은 말없이 고개를 돌려 핀을 맞이했다.

"나는… 난 이제 모든 걸 잃었어. 그런데 왜 나를 찾아왔지?"

"당신이 메아의 할머니가 남긴 심장을 훔쳤다고 들었

어요. 할머니의 심장을 돌려주세요. 당신에게는 월인들의 죽음을 모독할 자격이 없어요."

요안은 폭소를 터뜨렸다. 창밖에서는 T-771이 화관의 가시덩굴을 거의 다 해체했고, 화물선은 곳곳에 작살이 박혀 외벽이 다 무너지기 직전이었다. 저 건방진 꼬마 녀석은 이런 상황에도 내게서 뭔가를 더 앗아가려고 하는구나. 기가 차고 어처구니가 없었다.

"심장이 필요하면 나를 죽이고 가져가라."

이 또한 과언이 아니었다. 요안의 심장은 이미 T-771의 심장으로 대체된 지 오래였으니까. 만약 강제로 적출한다면 그 자리에서 즉사할 터였다.

핀의 낯빛이 창백해졌다. 도대체 저 남자는 어째서 이렇게 극단적인 선택까지 저질렀단 말인가? 월인의 심장을 자신의 가슴에 심어버리다니, 핀으로서는 상상할 수도 없는 미친 짓이었다.

"보이는 대로, 심장은 이 안에 있으니까."

"도대체… 그렇게까지 해서 얻고 싶은 게 뭐예요?"

요안은 고개를 돌려 별을 보려고 했지만 심장에서 격통이 와 자꾸만 눈이 감겼다. 결국 두 눈을 감고서, 외우다시피 했던 자신의 지론에 대해 설명하려고 했다.

"나는… 인류가 별을 가지고 얻으면… 더 커진다고 믿는다. 지구 하나로는 부족해. 저 수많은 별을 다 갖기 위해서는 저 멀리까지 가야만 한다. 하지만 우리에게 저 별은 너무나도, 너무나도 멀어…. 그래서 월인이 필요한 것이다. 월인을 갖기만 하면 돼. 그렇기에 그 심장을 가졌다."

핀은 요안의 추상적인 주장을 잘 이해하지 못했다. 요안 역시 자신이 평소 생각한 바를 제대로 전달하지 못했음을 알았다. 격통과 피로, 호흡 곤란이 사고가 단계적으로 발전하지 못하게 가로막았다.

핀은 천천히, 조심스레 요안에게 다가갔다. 눈앞에 있는 사람은 메아와 핀을 납치한 악당이었지만, 동시에 고통스러워하는 환자이기도 했다. 핀은 등대지기로서 달의 바다에서 곤란에 처한 사람을 두고 지나칠 수 없었다.

무엇보다 핀에게도 하고 싶은 이야기가 있었다.

"하지만… 그래서는 그 아이가 다치잖아요. 아프잖아요. 아저씨는 하나도 몰라요."

"T-772는 우리와 달라. 월인이지. 기원조차 알려지지 않은 정체불명의 존재야. 얼마나 위험한지도 모르지."

"네. 당연하죠. 메아는 저와 달라요. 다른 사람이잖아요. 하지만 그렇기에 더 조심하고 더 알아가고 싶어지잖아요. 더 많은 것을 배우고 싶어진다고요. 모르니까 알고 싶어지고, 알면 알수록 모르는 것이 늘어만 가고…. 지구에서 달을 보던 사람처럼, 달에서 지구를 보던 사람처럼요. 저에게 단 한 가지 중요한 게 있다면, 그건 메아예요."

요안은 입에서 피를 토했다. 심장을 무리하게 사용한 대가가 덮쳐 오고 있었다. 하지만 그는 입을 다물지 않았다.

"네가 아직 어려서 그렇게 태평하게 생각하는 거야.

너는 이 우주를 수놓고 있는 저 무수한 별들을 보지 못하고 있어."

"아저씨가 어린아이만도 못한 게 아니라요?"

요안은 핀의 대답에 어이가 없다는 듯 코웃음을 쳤다. 그는 더 이상 대꾸조차 하지 않고서, 가슴에 달린 실리콘 케이스를 주먹으로 내리쳤다. 심장이 터질 것 같은 격통을 몇 번이고 견디면서 주먹을 휘둘렀다. 피를 토하면서도 결코 그치지 않았다. 실리콘 케이스 안의 심장이 멎을 때까지.

"그만, 그만하세요!"

"어린아이만도 못하다고? 그렇다면 이 심장도 너희한테 돌려주느니 내가 망가뜨릴 거야. 이 심장은 말이야, 화관과 동기화되어 있어. 심장을 터뜨리면 저 고대 병기도 폭발하게 되지. 이 달을 통째로 날려버리겠어. 어때? 네 말대로 어린아이보다 못한 짓이지?"

요안은 웃었다. 살면서 이렇게나 승리감에 젖었던 적은 단 한 번도 없었다. 화관 안에 자폭장치가 설치되어 있다는 것은 발굴 당시부터 조사된 사실이었다. 어쩌면 자신은 그 사실을 알게 된 순간부터 지금 이 상황을 준비해온 것일지도 모르겠다는 생각이 들었다.

핀은 요안에게 덤벼들어 그가 더 이상 심장을 내려치지 못하게 막으려고 했다. 하지만 이미 늦었다. 요안은 눈을 감았고, 실리콘 케이스 안의 심장은 이미 멎어 있었다.

바깥이 환해졌다. 눈부시도록 밝은 빛이 어딘가에서부터 쏟아지고 있는 것이다. 핀은 두 눈을 찡그리고서 태양빛이 쏟아지는 궤도로 배가 들어온 것이 아닐까 당황했다. 아니었다. 화관, 고대 병기가 그 주인의 심장이 멈추었음을 인지했다. 그리고 그 스스로와 주변의 모든 것을 강제로 멈추기 위해 고대인만이 주조할 수 있던 초대형 월장석 결정으로 작동하던 엔진을 폭주시킨 것이었다.

눈부신 빛은 핀이 메아가 만든 그림자의 세계에서 보았던, 월인들의 고대 문명을 부수던 그때보다도 훨씬 더 강렬했다. 눈을 태워버리는 것이 아닐까 싶을 정도로 뜨겁게 작열했다. 핀은 온 세상이, 달의 바다에 있는 모든 것이 새하얗게 물드는 광경을 지켜보는 수밖에 없었다.

∞

하얗다. 시각만이 아니다. 후각과 청각 그리고 촉각과 미각까지, 핀은 오감이 하얗다고 느꼈다. 달의 바다인지 건물 안인지 구분할 수 없게 중력조차도 하얬다. 핀은 반가움 속에서 하양 속을 헤맸다. 하얀 시간이 지나간 뒤에 약간의 빨강을 느꼈다.

핀은 빨강을 향해 집중했다. 다가가지도 귀 기울이지도 않고 그저 의식이 빨강을 향해 흘러가기를 원했다. 빨강은 곧 사람의 모양새를 갖추며 자신이 있는 곳 주변에 윤곽을 더해주었다. 그 빨강은 메아였고, 곧 친숙한 모습으로 바뀌었다. 이곳은 예전에 핀과 메아가 만났던 그림자의 세계였다.

'핀, 드디어 만났구나! 저 거대한 물체가 폭발하는 것을 멈추려다가 그림자의 힘이 흘러넘쳤나 봐.'

'메아, 괜찮아?'

'응. 아까의 폭발은 어떻게든 막을 수 있을 것 같아.'

핀은 여기는 시간이 멈춘 곳임을, 시간으로부터 자유로운 곳이라는 사실을 마음 한구석에서 느끼고 있었다. 그렇기에 메아의 설명에 크게 놀라지 않았다.

메아는 이번에도 주변의 윤곽을 바꾸었다. 색이 다 바랜 벽지에 낡아빠진 가구. 메아와 핀이 처음으로 함께 핫초콜릿을 마셨던 달의 등대의 모습으로.

'핀. 나는 방금까지 달의 바다에서 헤엄을 쳤어. 무척 기분이 좋았어. 나는 원래 그렇게 하기 위해 태어난 사람 같았어.'

'봤어. 정말 대단했어! 예전보다도 훨씬 더 그림자를 잘 다루더라!'

'응. 내 안의 그림자가 무척이나 커졌기 때문이야. 그리고 알았어. 내 안의 그림자가 커진 것은 내 안의

빛이 커졌기 때문이야.'

메아는 웃고 있었다. 최소한 핀은 그렇게 느꼈다. 이는 보다 복합적인 마음이었지만, 핀도 메아도 그 감정의 이름을 알지 못했다.

'핀. 지구에 가. 그래서 바다에서 헤엄을 쳐. 그리고 나를 기억해줘. 내가 할머니를 기억하는 것처럼 핀도 나를 기억해줘.'

'메아? 무슨 이야기를 하는 거야?'

메아는 핀의 손을 꼭 붙잡았다. 그림자의 세계 안이었지만 핀은 당황하며 메아를 바라보았다. 메아는 웃고 있는 것 같았다. 약간 슬픈 것처럼 보이기도 했다.

핀은 메아가 무슨 생각을 하고 있는지 직감했다. 그림자의 세계에서는 대화하지 않더라도, 애써 의지를 전달하지 않더라도 서로 연결되어 있었으니까.

'내 안의 마음이 커졌어. 나의 우주가 커졌어. 그건 핀, 네 덕분이야. 나는 이제 우주의 중심이 어디인지 알 것 같아. 내 우주 한가운데는 핀이 있어. 지구도 달도 별도, 다 핀을 중심으로 돌고 있어. 핀만 있으면 나는 뭐든 할 수 있어. 나의 우주가 새로 태어난 거야.'

이것은 메아의 작별 인사였다. 핀은 메아를 껴안았다. 어떻게 한 것인지는 모르겠지만 어쨌든 메아를 껴안았다. 메아는 천천히 핀의 어깨를 다독여주었다. 할머니가 눈물을 흘리던 자신에게 그리했던 것처럼.

"핀. 이제 마지막이야. 나는 드디어 핀이 어떤 사람인지 알 것 같아. 핀은 할머니와의 약속이야. 핀을 지키는 게 할머니와 한 약속을 지키는 거야. 그러니까 나는 너를 지켜."

핀은 커다란 충격 속에서 자신이 현실로 돌아왔음을, 메아는 핀이 갈 수 없는 곳으로 떠났음을 깨달았다. 함교의 창 너머에는 그저 달의 바다와 그 위를 표류하는 생존자들 몇몇만 보일 뿐, 월인들이 달에 남기고 간 고대 병기도, 그들의 후예도 마치 처음부터 존재하지 않았던 것처럼 자취를 찾을 수 없었다.

∞

　지구의 바다에서 바라보는 달은 느릿하게 기운다. 핀은 넘실거리는 파도의 흐름에 몸을 맡긴 채 바다 위에 누워서 하늘을 응시했다.

　메아가 성산중공이 발굴한 고대 병기의 폭발을 막고 사라진 지 어느덧 한 달이 지났다. 그 사건으로 인해 달의 거주 구역의 78퍼센트가 마비되었다. 무슨 이유에서인지 달의 도시에서 가동되던 월장석 엔진들이 일제히 정지했던 것이다.

　"앙리 투. 할아버지는?"

　[토티스 님은 식료품 매장에서 쇼핑을 하고 계십니다. 핀 님이 집에 귀환하시는 시간에 맞춰 식사를 준비하실 예정입

니다.]

조금 더 누워 있어도 되겠군. 핀은 고맙다는 뜻으로 생활보조드론 앙리 투의 머리를 토닥여준 뒤 다시 하늘을 올려보았다.

달이 정지한 이래, 도시연합은 성산중공의 폭주를 강하게 비판했다. 그들이 비밀리에 운영하던 월인 연구소에 대한 폭로가 이어졌다. 이제까지 역사의 뒤편에 숨어 있던 월인들은 공개 석상에 나와 자신들의 정체를 밝혔다.

도시연합과 월인동맹은 달의 바다에서 일어난 고대 병기의 폭주에 휘말린 피해자들을 전폭 지원하기로 했다. 덕분에 핀과 할아버지는 달의 도시가 복구되기 전까지 지구에서 여유롭게 휴가를 보내게 되었다.

지구는 밝고 풍성했다. 달에는 없는 푸르름으로 가득했고 바람이 불었다. 하지만 핀의 마음은 그 어느 때보다도 허전했다. 요안이 아니라 자신이야말로 달에 심장을 두고 온 것이 아닌가 싶을 정도였다. 달에 있을 때 그렇게나 꿈꾸었던 지구에 왔지만, 이곳에는 메아가 없었다.

[핀 님. 편지가 도착했습니다.]

핀은 혹시나 싶어 빠르게 스크린을 터치했다. 편지의 발신인은 핀이 기대했던 바로 그 사람이었다. 이 편지는 달의 서버에서 기나긴 우회로를 거쳐 간신히 지구의 서버까지 도착한 것이다.

여기서 볼까? 아니야. 지금 보기에는 편지의 용량이 제법 크다. 편지의 발신인은 근래 말이 늘었다. 예전에 비해 훨씬 더 많은 사람을 만나 친밀한 관계를 쌓아가면서 어휘도 다양해졌고 표정과 동작도 풍부해졌다. 핀은 그런 변화를 지켜보는 것이 즐거웠다.

핀은 등대지기의 손자답게 기다림에 익숙했다. 그러니 편지를 읽고 싶은 마음 정도야 집에 도착할 때까지 참을 수 있었다. 어릴 적부터 자신을 길러준 드론과 닮은 신형 드론과 함께 바다를 헤엄쳐서 해변의 집으로 돌아가는 그 길은, 조만간 되돌아갈 모험의 나날과 이어지

는 길이었다. 소년은 달에서 온 편지를 읽기 위해 집으
로 돌아갔다.

작가의 말

　저는 어쩌면 소설을 쓰고 싶은 것이 아니라 제목을 갖고 싶은 것일지도 모르겠습니다. 『무안만용 가르바니온』『구미베어 살인사건』『호랑공주의 우아하고 파괴적인 성인식』『월간주폭초인전』『악의와 공포의 용은 익히 아는 자여라』『공상연애소설』까지, 모두 다 제가 사랑에 빠진 제목이었거든요. 이번에 『우주 달 별 사랑』을 쓰게 된 계기도 단 하나, '우주 달 별 사랑'이라는 제목에 반한 나머지, 이 제목과 어울리는 작품이면 어떤 내용이건 일단 써야겠다고 다짐했기 때문이었습니다.

　어쩌다가 그저 제가 좋아하는 단어들을 나열했을 뿐

이었습니다. 우주도 좋아하고 달도 좋아하고 별도 좋아하니까 일단 단어들을 종이에 내려놓았는데, 그 자체로 사랑에 빠져버리고 말았어요. 다음으로는 여기에 어떤 관계성을 부여해봤습니다. 때문에 『우주 달 별 사랑』의 초안은 우주에서 달과 별이 사랑하는 이야기였어요. 하지만 정작 나온 결과물은 우주의 한가운데를 찾은 사람과 달로 되돌아가겠다고 결심한 사람, 그리고 별을 향하다 무너진 사람의 사랑 이야기가 되었습니다. 우주와 달과 별에 대한 고민이 보다 깊어진 덕분이겠지요.

내용이 바뀐 데는 등장인물의 이름이 바뀐 탓도 있습니다. 처음에 핀의 이름은 별이었고 메아의 이름은 달이었거든요. 하지만 이야기를 떠올리는 과정에서 핀은 핀이 되었고 메아는 메아가 되어버리고 말았어요. 본문에 적지는 않았지만, 둘의 풀네임은 테라-핀(terrapin)과 루나-메아(lunarmare)였습니다. 네. 뜬금없이 고백하게 되어 민망합니다만, 『우주 달 별 사랑』은 사실 Lo-fi/Scifi풍 별주부전이기도 하답니다. 이렇게 후기에라도 적어 놓지 않으면 아무도 못 알아볼 테니 그냥 제 입으로 말하는 게 좋겠지요.

이렇게 일단 아무거나 던져놓다 보니,『우주 달 별 사랑』은 제가 좋아하는 것들을 한가득 모아놓은 사탕주머니 같은 소설이 되어버렸습니다. 단맛 가득한 불량식품 같은 제 글이 부디 여러분의 마음에도 들었기를 빕니다.